UNA NAVIDAD LONDINENSE

UNA NAVIDAD LONDINENSE

Mónica Gutiérrez

Papel certificado por el Forest Stewardship Council®

MIXTO
Papel | Apoyando la silvicultura responsable
FSC® C117695

Penguin Random House Grupo Editorial

Primera edición: octubre de 2025

Travessera de Gràcia, 47-49. 08021 Barcelona
Ilustraciones de Shutterstock y Adobe Stock

Printed in Spain – Impreso en España

ISBN: 978-84-666-8281-7
Depósito legal: 14.495-2025

Compuesto en Llibresimes

Impreso en Rotoprint By Domingo, S. L.
Castellar del Vallès (Barcelona)

BS 8 2 8 1 7

—Es una habilidad. La lluvia no cae sobre una bruja si ella no quiere, aunque yo personalmente prefiero mojarme y estar agradecida.

—¿Agradecida de qué? —preguntó Tiffany.

—De que luego me secaré.

TERRY PRATCHETT,
Un sombrero de cielo

Downshire House, Belgravia

No es cierto que a los escoceses nos disguste Londres. Lo que ocurre es que preferimos sentarnos con un buen vaso de Glenfiddich junto al fuego, a ser posible, cerca de Inverness. El único escocés que conozco que ha preferido pasar el resto de la eternidad en la capital inglesa es el fantasma del viejo Alastair Cameron. Murió en Belgravia de neumonía en 1848 mientras llamaba a la puerta de Richard Grosvenor, segundo marqués de Westminster, para reclamarle dos coronas, un chelín y cuatro peniques por haber alojado a su caballo en Strathcanaird. Su fantasma —el de Alastair, no el del caballo del marqués— juró rondar el palacete familiar de los Grosvenor para atormentar a sus descendientes por toda la eternidad. Cuando a finales del siglo xx los bisnietos de Grosvenor se mudaron a las afueras de Londres, sospecho que Cameron permaneció en Belgravia ejerciendo como poltergeist local porque le encantaba desafinar el piano a Andrew Lloyd Webber.

DOCTOR DAVID WILLOUGHBY, The Crow,
Dislocación geográfica de los fantasmas de Londres

A Thiago Heide, embajador español en Reino Unido, almorzar casi a diario sentado a una de las mesas del Titanic le proporcionaba una perspectiva bastante realista de su situación. Le recordaba a menudo que incluso una carrera sólida podía hundirse al chocar contra el más inesperado de los acontecimientos. La vida, por su propia naturaleza, era para él algo que sucedía siempre hacia delante, y aceptar esa transformación continua equivalía a mantenerse a flote. Su pragmatismo lo había convertido en una persona más imaginativa que previsora, aunque últimamente ninguna de sus decisiones parecía capaz de alterar el rumbo solitario que había tomado su trayectoria vital. Que a las nueve menos cuarto de la mañana del 24 de diciembre se encontrase en el salón comedor de Downshire House arrepentido de haberse ofrecido como mediador entre los gobiernos británico y chino para negociar la devolución de un hallazgo paleontológico no contribuía a animarlo en absoluto.

Downshire House, al sur de Belgravia Square, albergaba las dependencias de la embajada española en Londres desde 1928. Era una mansión georgiana blanca, de estilo palladiano, construida entre 1840 y 1850 por el arquitecto H. E. Kendall sobre unos terrenos que todavía pertenecían al duque de Westminster. Sus dos puertas, con frontispicio y porche de columnas grecorromanas la oficial y sin porche la de servicio, colindaban con las embajadas de Noruega, al otro lado de la plaza, y de Finlandia, en el número contiguo de Chesham Place. Las tres plantas del edificio central se destinaban, por orden ascendente, a salas para recepción y reuniones oficiales, a las casi siempre vacías habitaciones de invitados y, por último, a las estancias privadas del embajador. Las dos alas añadidas en el siglo anterior, de dos pisos de altura cada una, albergaban las oficinas y los despachos de la cancillería y la administración. Antes de la llegada de los diplomáticos españoles, el último propietario privado de Downshire House había sido William James Pirrie, dueño de los astilleros donde se construyó el Titanic. Pirrie se había encaprichado de la mesa del capitán de su célebre transatlántico y la instaló en su comedor, donde casi un siglo después no solo constituiría una reflexión recurrente para el excelentísimo señor Thiago Heide, sino que también habría de convertirse, al cabo de unas horas, en el escenario donde un grupo bastante enfadado de paleontólogos y diplomáticos chinos simularía contentarse con unas templadas disculpas y un almuerzo frío.

—Señor Heide...

La voz sobria de su secretario, Sergio Molina, lo interrumpió desde el umbral del fastuoso comedor. Llevaba puesto el abrigo, la bufanda, los guantes y un sombrero incalificable que probablemente habría cumplido la mayoría de edad cuando Winston Churchill todavía vestía pantalones cortos. Sostenía una maleta pequeña en la mano derecha, pero asomaba a su espalda un impresionante macuto que parecía bastante pesado. Thiago supuso que se trataba de su particular versión de la saca de regalos de Santa Claus puesto que el secretario iba camino del aeropuerto para celebrar la Nochebuena con su familia.

—Solo quería avisarle de que la cancillería queda oficialmente cerrada, excepto por el retén de guardia, y de que le he enviado otro correo con los últimos cambios en los horarios y las vacaciones de su personal.

Desde que tomó posesión del cargo, Thiago siempre había animado a los empleados de la embajada que no vivían en Londres a que volviesen a casa por Navidad, por lo que asintió distraído al informe de su secretario. Sabía que se quedaba solo, excepto por el retén de guardia —un informático treintañero adicto a las bebidas energéticas— y el habitual dispositivo de seguridad mínimo —un policía de paisano a punto de jubilarse—, al menos hasta el día 27. Al parecer, había agotado hacía tiempo el cupo de diciembres felices y acompañados. Apartó de su mente la visión fugaz de Carmen decorando el árbol de Navidad en su pisito de

Santiago con una canción de Michael Bublé de fondo y el sonido de su risa cantarina, provocada por los torpes intentos de Thiago de impostar la voz mientras cantaba villancicos sobre peces que bebían, burras cargadas de chocolate y pastorcillos que tocaban el tambor.

—¿Señor? —La voz de su secretario lo devolvió a un presente donde el embajador ya no cantaba villancicos porque esas cosas, sencillamente, no pasaban.

Molina llevaba con él casi desde el principio de los tiempos londinenses y hacía unos cuantos años que Thiago le había pedido que prescindiese del protocolario «excelentísimo señor» que correspondía a la titularidad de su cargo. Solo había conseguido que lo redujese a «señor».

—No se preocupe, Sergio. Todo bajo control. Que pase una feliz Navidad —añadió con media sonrisa.

Volvió a quedarse solo en el comedor de Downshire House, con la luz mortecina de la mañana fría y gris colándose a través de las cortinas de color crema de las ventanas decimonónicas que daban a Belgravia Square. En las paredes, los retratos de Isabel II y de Felipe III o la serie de Juan de la Corte sobre las victorias de Carlos V no contribuían, precisamente, a elevar el ánimo del diplomático. Decidió bajar a la cocina en busca de consuelo. El olfato era un poderoso desencadenante de buenos recuerdos, y Margaret, la cocinera de la embajada, tenía el poder de trasladarlo a sus despreocupados años juveniles con el olor de las galletas caseras recién hechas y de los bizcochos de limón. Horneaba molletes de pan tan similares a los que preparaba su abuela en su Coruña natal que, más que hambre, despertaba en el estómago de Thiago un extraño anhelo de hogar cada vez que era día de amasar.

Aquella mañana, pese a la calidez habitual que la caracterizaba, la cocina solo olía a *earl grey* recién infusionado y a las tostadas con mantequilla y mermelada que Margaret compartía en silenciosa camaradería con la joven de la agencia temporal que iba a supervisar el almuerzo de la delegación china. Thiago había dado instrucciones al respecto de que se contratase un cáterin frío y se dispusiese en bufet para que Margaret y el resto de su personal se marcharan a sus casas a mediodía. Las dos mujeres, ajenas a la punzada de decepción del recién llegado, miraban distraídas en el televisor *Los fantasmas atacan al jefe*, una adaptación cómica estadounidense de *Canción de Navidad*, de Charles Dickens, dirigida por Richard Donner y protagonizada por Bill Murray en el papel de un ejecutivo ambicioso, cruel y miserable que recibe la visita de tres fantasmas. Parecían tranquilas, cómodas con la presencia de la otra pese a que acababan de conocerse, satisfechas con su té y sus tostadas, ajenas a la marea enloquecida que en ese momento debía de asolar las calles comerciales londinenses con las compras navideñas de última hora. A Thiago le habría gustado sentarse un rato a esa mesa, tomarse un té con ellas y pedir a Margaret un pedazo de ese pudin de Navidad que la mujer, sin duda, le habría preparado a escondidas para sorprenderlo. No se atrevía a reconocerse a sí mismo que ningún pudin navideño, por delicioso que fuese, sabía la mitad de bien si se comía a solas, sentado frente al portátil en un despacho apenas iluminado por una lamparilla sobre el escritorio, huérfano de cualquier adorno navideño, de cualquier celebración.

Sin embargo, cuando Margaret se levantó, le presentó a la chica nueva y le ofreció un té con una sonrisa tímida, Thiago se obligó a declinar su amable oferta: no quería incomodarlas y suponía que su presencia en la cocina las ponía nerviosas. El lugar de un embajador estaba arriba, con la mesa del Titanic y los retratos de monarcas muertos. Margaret asintió a la pregunta del diplomático acerca de si todo iba según lo previsto para el almuerzo con la embajada china, le agradeció por enésima vez que la dejase salir antes del trabajo para preparar la cena familiar y se tranquilizó en cuanto él le aseguró que ya se marchaba.

—Salgo en unos minutos, Margaret. Solo quería desearle feliz Navidad.

Abandonó la cocina con un extraño presagio rondándole la cabeza, que malinterpretó como el deseo anticipado por el pudin sorpresa de Navidad, y se dirigió a sus dependencias, en la planta superior de la mansión, para abrigarse antes de salir. Recogería en el Museo de Historia Natural el dichoso hallazgo arqueológico que tanto cabreaba a los diplomáticos chinos y regresaría a Downshire House para el almuerzo frío. A mitad del tramo de escalera del primer piso, una hermosa voz de soprano detuvo su ascenso. Una aparición vestida de rojo señalaba con el pulgar, por encima de su hombro derecho, el retrato de cuerpo entero de Catalina de Aragón que presidía el descansillo.

—No es que yo sea muy monárquica —dijo la inesperada visitante sin dejar de señalar el imponente cuadro regio—, pero si me invitase a un zumo de granada, no lo rechazaría.

El enorme lienzo mostraba a una bella joven de piel pálida, labios carnosos y una larga melena con reflejos pelirrojos que se derramaba sobre un vestido azul de terciopelo y adornos dorados. Thiago sabía que era un retrato de la reina Catalina, pintado por un artista poco conocido y muy inspirado por Millais porque lo había leído en el índice de los registros de las propiedades de la embajada durante las semanas posteriores a su jura del cargo. En algún momento del siglo XX, quienquiera que se encargase de la decoración interior había decidido incorporar en el marco una placa dorada con el grabado KATHERINE QUEEN OF ENGLAND y colocar el lienzo de manera estratégica para que se viese desde el recibidor de Downshire House, lo que halagaba sobremanera a los visitantes locales. Catalina de Aragón no solo había sido la tía preferida del emperador Carlos I y la primera mujer embajadora en la historia patria al representar a las Cortes españolas en 1507 en Inglaterra, sino también una reina muy querida por los ingleses.

En aquellos momentos, sin embargo, por muchos pulgares que se la señalaran, Thiago se sentía incapaz de admirar como se merecía la belleza y la serenidad del retrato de la estimada Katherine porque una intrusa morena vestida con un vaporoso vestido rojo de gasa —muy poco apropiado para el invierno londinense— y un bonete a juego lo miraba risueña desde el descansillo de la embajada. Al acercarse, también se percató de que la desconocida le sacaba tres cabezas, pese al metro ochenta y dos del embajador, y que sus mejillas rubicundas, lozanas y coloradas como las manzanas de los cuentos de los hermanos Grimm contrastaban con la blancura del resto de su piel y, aun así, conjuntaban a la perfección con el color de su atuendo.

—Buenos días —lo saludó sin que desapareciera de sus ojos el brillo que tenían mientras contemplaba el retrato de Catalina de Aragón—. Soy el espíritu del Presente de la Navidad.

Tal vez, si no hubiese sido 24 de diciembre y Thiago Heide no hubiera estado tan imbuido del espíritu navideño y tan seguro de que el policía a punto de jubilarse dormía plácidamente en su bien caldeado cuartito de las cámaras de vigilancia, habría reaccionado llamando a seguridad. Pero lo único que se le ocurrió en ese instante, a medio camino de sus habitaciones, observado por la regia mirada de Catalina y deslumbrado por la intensidad carmesí del atuendo de la altísima mujer, fue corregirla como el niño repelente que una vez fue:

—Querrá decir que es el espíritu de las Navidades Presentes.

La dama de rojo negó con la cabeza y su sonrisa de dientes perfectos se amplió. Si el color de su indumentaria constituía una pista sobre su procedencia demoniaca, había que reconocer que los jefazos del Hades se quedaban con los mejores dentistas.

—Me temo que se ha adelantado —continuó Thiago sin desanimarse—. Todavía no he recibido la visita de Jacob Marley ni del fantasma de las Navidades Pasadas. Ya sabe —añadió cuando la aparición carmesí lo observó con cierto reproche—, por la coherencia narrativa de la historia de Dickens.

—Soy quien he dicho que soy —lo interrumpió la mujer con un relámpago airado en la mirada. Su voz de soprano reverberó en el descansillo de la escalera—. Soy el espíritu del Presente de la Navidad. Debe interpretar la palabra «presente» como sinónimo de regalo, de dádiva, no como tiempo verbal.

—Disculpe la confusión.

—Es un error comprensible.

—Podría cambiarse el nombre.

—No me lo han pedido nunca —murmuró poniendo los ojos en blanco.

Thiago estaba a punto de enumerar tres o cuatro alternativas semánticas a la expresión «presente navideño», pero la mujer de rojo, probablemente intuyendo el aburrido discurso que se avecinaba se apresuró a explicarle:

—No sé si está muy familiarizado con los cuentos tradicionales, pero ahora viene la parte en la que me dice qué es lo que desea.

—¿La paz en el mundo? —preguntó el embajador con aire distraído, pensando de nuevo en la manzana envenenada de Blancanieves por culpa de aquellas mejillas tan llamativas.

—Qué falta de imaginación.

—Soy diplomático —se excusó.

—Debe pedir algo personal, algo que sea importante solo para usted. Inténtelo de nuevo. ¿Cuál es el verdadero anhelo de su corazón? ¿Qué va a pedir a Santa Claus?

—Tengo cuarenta y dos años, hace mucho que dejé de escribir cartas a Santa.

—Eso no importa. Sigue en la lista de los buenos. De lo contrario, yo no estaría aquí.

—Verá, todo esto —dijo señalándola de arriba abajo— es fabuloso. Me imagino que ahora me entregará un folleto para que vaya a ver la obra entera en el Globe, o en el Royal Albert Hall o lo que sea. Pero me pilla en medio de una misión diplomática urgente, así que tengo prisa. Y no entiendo cómo ha podido colarse en Downshire House.

Volvió a imaginarse al guardia artrítico dormitando frente a las imágenes de las cámaras de vigilancia y no necesitó esforzarse demasiado para que se le ocurrieran más de un par de formas de colarse en la embajada sin despertarlo.

—¿Nunca ha deseado nada de todo corazón? —preguntó la mujer de rojo haciendo caso omiso de sus protestas.

—Quería al perro de mi abuelo. Cuando murió…

—¿Y para qué quería un perro muerto? —simuló escandalizarse la mujer.

Thiago la miró con inquina.

—El perro sigue vivo. Mi abuelo no. Se lo quedó mi exmujer.

—Por favor, no me explique por qué su exmujer querría quedarse con su abuelo muerto.

—¿Va a tergiversar todo lo que digo?

—Su uso de la gramática es un tanto desordenado.

—No más que su sentido del allanamiento de la propiedad privada.

—Está bien, lo capto, tiene prisa y un escaso sentido del humor. Vayamos al grano. Como le decía, estoy aquí para concederle un presen… un regalo. Algo que sea posible —añadió en cuanto le pareció que Thiago no le impediría terminar la frase— y que no entrañe ninguna venganza personal, como quitarle el perro a su exmujer.

—Era el perro de mi abuelo.

—Piense un poco. ¿No desea nada por Navidad? ¿Jamás ha anhelado algo con todo el fervor de su corazón?

—Un camión de bomberos, si no recuerdo mal. Nunca llegaron a regalármelo —se interrumpió al notar la vibración del móvil en el bolsillo de la americana—. Disculpe… —dijo levantando el dedo índice y mirando la pantalla un instante para, acto seguido, contestar la llamada.

Álvaro, su chófer, lo avisó de que lo aguardaba con el

Bentley frente a la puerta principal para llevarlo al Museo de Historia Natural.

—Debo irme —se excusó Thiago en cuanto colgó.

Pero la mujer de las mejillas rubicundas había desaparecido dejando al excelentísimo señor embajador español en Reino Unido hablando solo. Tuvo la sensación de que la bellísima Catalina de Aragón del artista desconocido le dedicaba una mirada burlona justo antes de decidirse a subir a sus estancias en la tercera planta en busca del abrigo. Se prometió que, en cuanto volviese del museo, mantendría una conversación muy seria con el servicio de seguridad o lo que quedase del mismo, aunque hubiera de despertarlo.

Museo de Historia Natural, South Kensington

Durante la época de entreguerras, una comisión del Museo de Historia Natural determinó la reapertura de la tumba de Elizabeth Whaterhouse, la esposa del célebre arquitecto que diseñó la sede de dicha institución siguiendo las humildes proporciones de una catedral neogótica capaz de albergar todo un ecosistema del periodo jurásico en una de sus plantas. Por las noches, los guardias del museo daban parte de puertas que se abrían solas, de bajadas extremas de temperatura y de apariciones fantasmales de la señora. Whaterhouse acompañada de un adorable teckel con el pelaje canela. No se me ocurre ninguna razón por la que excavar la tumba de la buena mujer y comprobar —oh, sorpresa— que, efectivamente, sus restos mortales descansaban intactos en su interior desmintiese a los guardias del museo. Nunca dejará de maravillarme la capacidad de los ingleses para charlar sobre el tiempo, dormir con bolsas de agua caliente en lugar de la propia pareja y tomárselo todo al pie de la letra. En cuanto al fantasma de Elizabeth Waterhouse, sospecho que se trata de una cuestión de prestigio, competencia y ecuanimidad de las oficinas de Turismo londinenses: si el Museo Británico posee sus fantasmas y maldiciones, el Museo de Historia Natural no puede ser menos. No tengo ninguna explicación para lo del teckel con el pelaje canela.

DOCTOR DAVID WILLOUGHBY, The Crow,
Dislocación geográfica de los fantasmas de Londres

Violet Redbreast salió del metro en la parada de South Kensington y se encaminó hacia el Museo de Historia Natural bajo el cielo gris marengo de esa fría mañana de diciembre. Comprobó el peso tranquilizador del valioso contenido de la cartera que llevaba en bandolera y se terminó los restos aún templados del té chai de su termo. La ciudad le parecía todavía más bonita después de la lluvia, con las lucecitas decorativas reflejadas en los charcos y todo aquel rojo navideño reluciente, a juego con los autobuses y las cabinas telefónicas. Las fachadas georgianas de Cromwell Road, de aquel ladrillo rubio tostado tan característico, se le antojaban más elegantes que en ninguna otra época del año, decoradas con coronas y guirnaldas verdes aderezadas con las diamantinas gotas de gélido rocío que se mantendrían hasta bien entrada la mañana. Atravesó el jardín de East Lawn y solo entonces se permitió alzar la cabeza para contemplar en todo su esplendor la fachada neorromántica más impresionante que había visto nunca. No importaba cuánto tiempo llevase trabajando allí, siempre la sorprendía la belleza del edificio victoriano que el arquitecto Alfred Waterhouse diseñó para albergar parte de la colección del Museo Británico y que, con el tiempo, se convertiría en el Museo de Historia Natural de la ciudad.

Aunque los laboratorios y los despachos disponían de un acceso privado por Queen's Gate, Violet prefería la entrada principal de Cromwell Road, la que utilizaban los visitantes del museo. Le encantaba la amplitud sobrecogedora del vestíbulo, desierto fuera de los horarios de apertura, con su luz de catedral gótica continental y Hope, el esqueleto de ballena azul, nadando majestuosa entre la primera y la segunda planta. Se detuvo un instante, dio los buenos días a la estatua de Charles Darwin que observaba amable desde su atalaya privilegiada al final del primer tramo de la escalera del lado norte y giró a la izquierda para atravesar la Blue Zone, la de los dinosaurios. Desde que había aceptado el puesto de asistente del profesor William Peddick, Violet pasaba menos tiempo en el museo, por lo que buscaba excusas para volver siempre que le era posible. Aquel lugar le aportaba paz. Todavía recordaba con mucho cariño sus años de clasificar trilobites, coprolitos y fragmentos de vertebrados en los laboratorios del ala moderna, en el Instituto de Ciencias de la Tierra, bajo la severa supervisión de la doctora Mulholland. Guiar las visitas de los escolares no le despertaba, en cambio, tanta nostalgia.

Atravesó el pasillo del Cretácico y pasó su tarjeta de acceso por el lector para entrar en los laboratorios. Como todavía no se le había asignado un despacho propio, se dirigió a la sala común multiusos en la que convivían con cierta gracia un servicio extraoficial de cafetería y las reuniones de departamento. El profesor Peddick la había animado a usar su despacho, pero por mucho que el generoso gesto la halagase, le producía cierta ansiedad estar en una habitación polvorienta atestada de carpetas, reproducciones de hallazgos paleontológicos, porciones de sedimentos geológicos de todos los tamaños y decenas de herramientas propias de su profesión; todo dispuesto en desordenados estratos en distinto grado de desintegración. Además, dudaba de su capacidad para abrirse paso hasta el escritorio y le daba reparo desgarrar las preciosas telarañas que coronaban alguna de las montañas de cachivaches.

La afición de Violet por los dinosaurios, por los logros de Mary Anning, las publicaciones de Steve Brusatte y las películas de *Jurassic Park*, así como su costumbre de charlar con la estatua de Charles Darwin, habían despertado de forma tardía. Tenía veintisiete años, ningún título universitario y muchas ganas de irse de Londres cuando conoció al profesor Peddick. Le parecía llevar una eternidad trabajando como reponedora en la cadena de supermercados Sainsbury's y conviviendo con otras dos chicas en una caja de zapatos, que el casero llamaba «apartamento», en una callejuela infecta del fin del mundo —también conocido como los arrabales de Blackheath—, cuando la alcanzó el desánimo. No se consideraba una persona ambiciosa, pero tras años de contratos intermitentes, platos preparados a mitad de precio porque estaban a punto de caducar y sueldos mezquinos que apenas le daban para cubrir el alquiler y el abono de transporte público, empezó a sospechar que necesitaba un cambio. Una noche, celebrando en el pub el ascenso de una de sus amigas y el traslado a la oficina de Nueva York de otra, se descubrió hastiada y triste. Se negaba a aceptar que a ella le tocase quedarse para siempre dentro de la circunvalación de la M25. El mundo abarcaba mucho más que las estaciones de metro cercanas a los diferentes supermercados de la cadena Sainsbury's, y Violet quería conocerlo. Aunque fuese solo una parte remota, cerca de Yorkshire.

Sin demasiada esperanza, como empiezan los proyectos más rocambolescos, se decidió a ojear las ofertas de trabajo en Linkedln; un poco en busca de inspiración, pero también porque le divertía la capacidad humana para inventar mentiras. Al parecer, las empresas londinenses contaban en sus plantillas con un mayor número de CEO que de trabajadores. Violet estaba a punto de tirar la toalla cuando, a través de un enlace indexado en la sección oculta de Ciencia, entró en la página del Museo de Historia Natural y leyó su anuncio más reciente:

> Excavación en Konglongshan. Seis meses con posibilidad de prórroga. Trámite de visado, permisos, estancia y manutención a cargo de la expedición.

No se solicitaba experiencia, ni siquiera como CEO. Tan solo deseaban disponer de seis meses del tiempo vital del candidato para enviarlo a Konglongshan, dondequiera que eso estuviese. Para cualquier otra persona menos optimista que Violet, el anuncio habría suscitado ciertas reservas, sobre todo por la palabra «excavación», que abarcaba todo tipo de pecados: desde el oficio de resurreccionista hasta una condena a trabajos forzados. Aunque, quizá, no se tratase de optimismo, sino de lo poco que tenía que perder y del hartazgo que le suponía que su presupuesto para viajes no le diera más que para un abono de transporte mensual metropolitano. Le bastó con leer en Wikipedia que Konglongshan era una ciudad de la lejana y exótica China. Tampoco la desanimó conocer al profesor Peddick —hecho que, además de despertar su instinto de conservación de la cordura, debería haberle dado una buena pista de lo que la esperaba si aceptaba la oferta de trabajo—, y no fue hasta que llegó a su lejano destino cuando entendió por qué el nombre del lugar significaba, literalmente, «montaña de dinosaurios».

Tal vez, si la hubiese entrevistado la doctora Mulholland o cualquier otro de sus colegas paleontólogos del Museo de Historia Natural, poco habría cambiado en la vida de Violet, y es que ¿qué probabilidad estadística existía de que Steve Brusatte entrase en un Sainsbury's durante su turno y la convenciera de lo fascinante que era la paleontología? Pero los hados del destino quisieron que aquella mañana radiante de julio el profesor William Peddick no lograra encontrar la sala de conferencias Reina Victoria del museo, donde se lo había emplazado para supervisar el inventario de las herramientas de las tropas expedicionarias. Peddick, una de las grandes eminencias inglesas sobre dinosaurios, dirigía la facción británica del grupo europeo de paleontólogos al que China había invitado para colaborar en las excavaciones del hallazgo de un nido de velocirráptores sin precedentes en el yacimiento de Konglongshan. Agobiado y acalorado, harto de vagar por las nuevas instalaciones que algún burócrata sin imaginación había bautizado como Pabellón Darwin, encontró a Violet abandonada en un pasillo, esperando en una incómoda silla de plástico con su triste folio curricular languideciendo en una mano sudorosa. Los entrevistadores la habían dejado para el final de una pequeña multitud de becarios y se estaban tomando su tiempo con el penúltimo candidato. Cansado, perdido, pero todavía curioso, el profesor se sentó un momento a recobrar el aliento frente a la joven y formuló la pregunta que habría de cambiar el rumbo de la vida de Violet:

—¿Le apetece un té, querida?

—Me vendría bastante bien. Pero no puedo.

—Siempre es la hora del té —señaló Peddick malinterpretando la mirada que la chica acababa de dedicar al reloj de la pared.

Violet le explicó por qué no podía abandonar aquella espantosa antesala.

—¿Para la expedición a Konglongshan? —preguntó con

voz alegre el profesor. Acto seguido, se presentó—: Soy William Peddick, el director de ese despropósito. Yo mismo la entrevistaré, siempre que sea capaz de guiarme hasta la cafetería. He perdido a mi asistente.

—¿En el museo?

—En los vericuetos de la administración y la burocracia.

A Violet siempre se le había dado bien orientarse, así que en menos de cinco minutos consiguió localizar tres áreas de restauración distintas en el directorio del museo. El profesor Peddick le señaló la cafetería privada para socios, y pronto se hallaron sentados a una mesa para dos con vistas a Exhibition Road compartiendo un espléndido servicio de té a cuenta del Instituto de Ciencias de la Tierra.

—No cuento con ninguna experiencia ni conocimiento alguno, pero necesito vacaciones y no tengo dinero —confesó Violet a Peddick mientras este se terminaba su tercer sándwich de pepino y degustaba una segunda taza de *oolong*.

—¿Y ha decidido pasarlas en el Museo de Historia Natural? Si no le importa la incomodidad de los turistas, el té es bastante aceptable.

—Me refería a la expedición a Konglongshan.

—Solo le tomaba el pelo. —El profesor le guiñó un ojo.

—¿Tengo alguna oportunidad de que me contraten? Además de que necesito vacaciones, mi trabajo actual me aburre bastante.

—¿Es profesora de Historia?

—Trabajo en Sainsbury's.

—Mi tía abuela era de allí. Muy buenos pastos, pero poca vida social para una joven como usted, me temo.

—Profesor Peddick, no entiendo ni la mitad de lo que me dice...

—Pues ya aventaja al noventa por ciento de mis alumnos, querida.

—... pero me gustaría mucho acompañarlos, a usted y a toda la expedición, a Konglongshan. Aprendo deprisa, y seguro que las ruinas me interesarán.

—Fósiles —la corrigió William Peddick.

—¿Como esos trozos rotos de caracolillos viejos de las vitrinas?

—Trilobites. Aunque esperamos encontrar algo ligeramente más grande que eso.

—¿Cómo de grande?

—Del tamaño aproximado de un velocirráptor adulto.

A pesar de que tardó casi veinte minutos en entender que aquella hoja de papel barato reciclado medio en blanco que Violet le entregó era su currículum laboral —en el que quedaba bastante claro que la señorita Redbreast no se había acercado ni por casualidad a una excavación paleontológica ni poseía un conocimiento aproximado siquiera de las medidas de cabeza a cola de un velocirráptor adulto—, William Peddick hizo algo que no solía hacer: se limpió las gafas con los faldones de su camisa, volvió a ponérselas y miró con atención a la joven de larga melena castaña y ojos verdes que apenas había dado un par de sorbos a su té. Le pareció ver ese algo difícil de definir que comparten las personas a quienes la vida, de momento, no les estaba causando una gran impresión, aunque todavía albergaban la esperanza de que sí lo hiciera.

Peddick no pudo ofrecer a Violet el puesto de asistente, no tanto porque la chica no poseyera ni la experiencia ni la formación requeridas, sino porque al final resultó que no había perdido a la que ya tenía. No obstante, convenció a la doctora Karen Mulholland para que la incluyese como becaria en la excavación de Konglongshan. Meses más tarde, a su vuelta de China, tras unas cuantas charlas a la hora del té y la renuente aprobación de Karen —que reconoció el excelente desempeño de su inexperta becaria en las excavaciones—, también se las arregló para que siguiese ocupada en los laboratorios del Instituto de Ciencias de la Tierra del Museo de Historia Natural, a condición de que se licenciara en Geología o en Zoología, las carreras universitarias que le facilitarían el ingreso al posgrado en Paleontología.

Fue en China donde Violet se enamoró perdidamente de la era mesozoica y sus extraños y fascinantes pobladores. Y supo que era amor verdadero. Se matriculó en una academia, aprobó los exámenes de acceso a la universidad y se matriculó en Geología en la Universidad de Londres. Se mudó de vuelta a casa de sus padres, en Hackney, y destinó cada penique de su escaso sueldo a media jornada en el museo para pagar las tasas universitarias. Sus condiciones laborales fueron mejorando, sobre todo cuando, cinco años después, se jubiló la asistente de William Peddick y este ofreció a Violet la vacante. Su antecesora en el cargo le legó un archivador lleno hasta arriba de fichas escritas con la ilegible letra del profesor y un magnífico escritorio eduardiano coronado con un jarrón de flores frescas de bienvenida y una nota manuscrita:

> Suerte, querida. No desespere si a menudo le resulta más sencillo encontrar una huella de nanosaurus que las gafas del profesor.

Recién cumplidos los treinta y cuatro años, Violet era licenciada en Geología y le quedaban dos trimestres para terminar su doctorado en Paleontología. Sus estudios la habían apasionado de principio a fin, había descubierto que vivir con sus padres y su abuela, y sin los gemelos, no estaba tan mal —probablemente porque ya no tenía que compartir el cuarto de baño con sus dos apestosos hermanos mayores—, que Steve Brusatte estaba casado y vivía en Estados Unidos, y que charlar con Darwin siempre resultaba inspirador.

Además de encargar en la óptica del campus un montón de gafas de recambio para William Peddick, trabajar a sus órdenes suponía participar en las investigaciones paleontológicas más extraordinarias y punteras. Aunque otras veces, como sucedía justo esa mañana del recién estrenado invierno, también significaba que Violet debía acudir al museo el día de Nochebuena para devolver el cráneo de velocirráptor que el profesor se había llevado accidentalmente del yacimiento de Konglongshan siete años atrás.

—¿Dónde te habías metido? —preguntó la doctora Karen Mulholland, severa como siempre, cuando encontró a Violet en la sala de personal—. La embajada española llegará en cualquier momento. Ya deberías estar en la puerta de Exhibition Road, esperándolos. No me mires así, se supone que esto no va a ocurrir, así que debemos ser lo más discretas posible.

El Gobierno de la República Popular China llevaba algún tiempo reclamando al Museo de Historia Natural la devolución del hallazgo paleontológico. El profesor Peddick no se había cortado un pelo en exhibir su botín años atrás cuando lanzó su teoría sobre la evolución de las estructuras de barbas y bárbulas que recubría la piel de algunos dinosaurios como una especie de plumón. Aunque no fue el único en sustentar dicha teoría, sí que lo fue en mostrar como ejemplo el fósil de Konglongshan. El baile de acusaciones y encogimientos de hombros entre las autoridades chinas y los representantes del Museo de Historia Natural fue largo y entretenido, hasta que la situación se tornó ridícula y agobiante a partes iguales. Finalmente, inquietos por el ruido de fondo que generaba sobre las inversiones chinas en Reino Unido, el Gobierno británico presionó a la dirección del consejo del museo: podían seguir negando, por toda la eternidad, que conocieran la existencia de dicho fósil en suelo londinense, pero debían devolverlo. El problema era que en cuanto la teoría de las plumas devino agua pasada para él, el profesor Peddick olvidó dónde demonios había ido a parar el objeto de la discordia. Fueron necesarios los esfuerzos investigadores de doce becarios, tres paleontólogos, una zoóloga y cinco profesores universitarios para seguir la pista al fragmento de poco más de veinte centímetros de cráneo de velocirráptor hasta encontrarlo en el fondo de una cuadrícula de excavación, en el patio interior de la facultad de Geología, donde los alumnos hacían prácticas. Violet lo limpió con mimo y encargó para guardarlo una caja a medida hecha de metacrilato y con cierre presurizado. La tarde anterior, a petición de la doctora Mulholland, que supervisaba la devolución oficial del fósil, Violet fue a recogerlo a casa de Peddick, donde lo había mantenido guardado bajo llave en un cajón del escritorio del despacho personal del profesor.

—No entiendo a qué viene tanto escándalo por un fragmento de cráneo —se quejó la doctora Mulholland mientras se servía una taza de café—. Cómo si en el yacimiento de Konglongshan no dispusiesen de un montón de esqueletos enteros.

«Cómo si en Atenas no les quedase una parte del Partenón», observó la malvada vocecilla interior de Violet.

El Museo Británico, con la sutilidad que lo caracterizaba desde la época del Imperio de la reina Victoria, había rotulado como FRAGMENTO DEL PARTENÓN la primera naos entera del susodicho templo griego, y como FRAGMENTO DE

FRISO la totalidad de los mármoles de Elgin. Quizá por eso China y el resto del mundo fuesen un pelín susceptibles con el concepto que Reino Unido tenía sobre los souvenires culturales en general y con las dimensiones de los fragmentos en particular.

—Debe de ser porque no estamos en 1816 —murmuró Violet mientras abría el doble cierre de su cartera.

—¿Te acompaño?

Pero Violet no escuchó la pregunta. Removió el contenido de la cartera, primero inquieta y después con un pánico creciente. No reconocía como propios ninguno de los objetos que iba sacando de uno en uno y poniendo sobre la mesa hasta vaciar la cartera. Porque aquella no era su cartera. Por el batiburrillo de cosas inexplicables —una corbata, dos calcetines desparejados, un cepillo de dientes, dos moldes de trilobites y lo que esperaba que no fuese un coprolito gigante— y, sobre todo, por los tres pares de gafas, adivinó que pertenecía al profesor Peddick. La adrenalina le hormigueaba en los dedos mientras revisaba los compartimentos por segunda vez, de forma innecesaria: ella había guardado el fósil de velocirráptor en su cartera, no en la del profesor.

Necesitó unos minutos para recuperarse de la impresión. Contestó con monosílabos a las preguntas de la doctora Mulholland y salió a toda prisa de la sala común todavía aferrada a la cartera intercambiada. Al igual que a las protagonistas femeninas de Jane Austen, pasear solía ayudar a Violet a ordenar sus pensamientos. Claro que esa vez, en lugar de una apacible caminata, las circunstancias solo le permitían un apresurado trote por los pasillos, a todas luces insuficiente para devolverle cierta calma; el embajador español ya debía de estar esperándola en la puerta. Tras recorrer febrilmente las salas de la Zona Azul sin que ningún pensamiento coherente acudiera en su rescate, se rindió a lo inevitable y decidió salir al encuentro del diplomático para ponerlo al corriente del desastre. No era que la sinceridad fuese su mejor opción, o la más valiente: era lo único que se le ocurría. Nunca aquellos pasillos tan amados le habían resultado tan lúgubres. Atajó por las colecciones antiguas, dejando a su paso réplicas de huevos, nidos, esqueletos y recreaciones de dinosaurios, y saludó distraída a Pickwick, la reproducción del pájaro dodo, cuando llegó a su altura.

—Buenos días, Violet —le contestó... ¿el dodo?

La paleontóloga se detuvo en seco y dio un par de pasos atrás sin perder de vista la vitrina. Pickwick seguía muerto, inmóvil, sin una sola pluma fuera de sitio. A diferencia de la adolescente delgada, greñuda y encorvada que se había colado en el museo y la había saludado por su nombre.

—Soy el espíritu de las Oportunidades Navideñas —se presentó antes de que a Violet le diese tiempo de tomar aliento para reprenderla por el susto.

—El museo no permite la entrada a los vendedores ambulantes. Haz el favor de seguirme, te indicaré la salida más cercana.

—Ya quisieras que te vendiese algo, hermana.

—No me impresionan tus técnicas de marketing cutre. Ni tus ofertas.

—No te he hecho ninguna.

—Has dicho no sé qué de las rebajas.

—Esto no va de saldos. Soy el espíritu de las Oportunidades Navideñas. En plan redención y todo eso. Ya sabes.

—¿En plan? No, no lo sé. Y tengo prisa —dijo echando a trotar de nuevo en dirección a la salida de Exhibition Road mientras su vocecilla interior malvada murmuraba: «No veo el momento de dar al embajador español las buenas nuevas».

—Qué mal karma, colega.

—¿Por qué me sigues? Estoy ocupada, déjame en paz.

—Hermana, poca paz veo en tu futuro. O te curras más el espíritu de la generosidad o te auguro una Navidad más chunga que la de Jacob Marley.

—¿Todavía leéis a Dickens en el instituto?

—Dijo la tipa que ha bautizado en plan Pickwick al dodo disecado...

—No se llama así por Dickens, sino por el dodo de Thursday Next, la detective literaria de los libros de Jasper Fforde.

—Fforde sí que sabe hacer buenos regalos, tía. En plan, si te explicase...

—Me interesa cero.

—El año pasado regalaste a tus padres un juego de sartenes, servilleteros a tus hermanos y una taza de plástico a tu mejor amiga.

—¿Cómo sabes...?

—Tus truños de regalos son famosos hasta en el Polo Norte, por eso me han enviado. Soy el espíritu de las Oportunidades Navideñas, y «oportunidades» no hace referencia a ofertas o gangas, sino a que voy a darte la ocasión de que te redimas. En plan que lo vuelvas a intentar, pero mejor, y eso.

—Sé lo que significa redimir.

—Estoy aquí para que entiendas que es el momento de ser generosa y de mostrarte atenta con quienes amas. Hacerles un regalo es un gesto de cariño, de reconocimiento. Tu obsequio debe decir a la persona a quien se lo entregas lo mucho que te importa, que has dedicado tiempo a pensar en ella, en lo que podría gustarle, y que te hace feliz complacerla. No veo cómo un juego de sartenes puede transmitir todo eso, colega.

Violet parpadeó con rapidez, se quitó las gafas, las miró al trasluz para comprobar que no estaban tan sucias como para provocarle alucinaciones y se las volvió a poner. La adolescente de negro seguía allí.

—¿Es una broma? ¿Te han enviado mis hermanos? ¿Buscan venganza por lo de los servilleteros?

La chica chistó en señal de desagrado.

—Me he aparecido en plan para advertirte. Está en tus manos cambiar tu mal rollo para evitar convertirte en una amargada solitaria con el corazón reseco.

—Estoy ocupada, y la hidratación de mi corazón es cosa

mía. Estudio, trabajo, no tengo tiempo y... y a ti no te importa. ¿De qué debería redimirme?

—De ser una rata emocional.

—Voy justa de dinero. Di a mis hermanos que no puedo regalarles un apartamento en la Costa del Sol o la Play Station Seis.

—Que no va de dinero, colega. Va de que te importen los demás, de escucharlos, de pararte un momento a pensar en qué podría hacerles un poquito más felices antes de comprarles las primeras sartenes de mierda con las que te topes.

—Oye, tú, mola mucho todo esto que te has montado del coaching motivacional, o el mindfulness o lo que sea, aunque sigo pensando que esto es una broma de mis hermanos, pero me pillas en medio de un incidente internacional.

Aceleró el paso, dejó atrás a la adolescente desgreñada desterrándola también de sus pensamientos y salió a Exhibition Road.

Exhibition Road, South Kensington

Al norte de Exhibition Road, separados por el Serpentine y un único camino para carruajes cerrado al tráfico rodado excepto para uso del rey, Kensington Gardens y Hyde Park compiten en elegancia, pero también en truculentos misterios. Quizá uno de los más inusuales, porque se relaciona con el mito celta de las hadas secuestradoras de niños humanos, sea la historia alrededor de las dos piedras que marcan las líneas divisorias entre las parroquias de Westminster Saint Margaret y de Parish of Paddington, en el corazón de los jardines de Kensington. Esas piedras están marcadas con las iniciales W. M. y P. P. —que también se corresponden con las iniciales de

Wendy Moira y Peter Pan— y, en la primera versión de 1901 del clásico de J. M. Barrie, titulada *El pajarito blanco*, aparecían como las tumbas de dos niños muy queridos. Se trataba de una novela breve para adultos sobre el duelo de la infertilidad, pero también de quienes habían perdido un hijo; Barrie exorcizaba el recuerdo doloroso de su infancia, marcada por la muerte de su hermano mayor y el progresivo derrumbe de su madre. *El pajarito blanco* estaba protagonizada por un niño criado por las golondrinas (psicopompos que guiaban a los muertos hasta el más allá) que enterraba en Kensington Gardens a los bebés que morían. Con los años, J. M. Barrie reescribiría una y otra vez tanto la novela como la obra teatral, hasta convertirlas en la historia de Peter Pan y Wendy que hoy conocemos. Quizá para no traumatizar todavía más a los pobres huérfanos Llewelyn Davies —primos de la escritora Daphne du Maurier—, Barrie sustituyó las piedras funerarias infantiles por el país de Nunca Jamás (morir sería una gran aventura, pues) y a Peter, su joven sepulturero, le cambió el oficio por el de secuestrador y pirata. Una noche, el autor se coló en los jardines de Kensington para instalar la estatua de bronce de Peter Pan justo en el lugar donde el personaje aterrizaba por vez primera en su versión literaria. Esa misma mañana había publicado un anuncio en *The Times* para avisar a los niños de que los esperaba una sorpresa en esos jardines. No recuerdo ningún otro caso en el que un adulto allanase una propiedad pública con nocturnidad y alevosía, se acusase a sí mismo en la prensa nacional y echase la culpa de todo a las hadas.

DOCTOR DAVID WILLOUGHBY, The Crow,
Dislocación geográfica de los fantasmas de Londres

Álvaro, el chófer del embajador, redujo la marcha del Bentley en cuanto dejaron atrás esa aberración de la arquitectura victoriana que era el Victoria and Albert Museum y lo detuvo con suavidad junto a la fachada lateral del Museo de Historia Natural, en Exhibition Road. Thiago Heide salió del coche y se dirigió deprisa hacia la puerta más cercana, sintiéndose pequeño ante la magnificencia del hermoso edificio. Al final de la calle, una enorme esfera de metacrilato encerraba en su interior a Bob Cratchit acarreando al pequeño Tim sobre los hombros mientras un apenado Scrooge en camisón los contemplaba junto al fantasma de las Navidades Presentes. El Ayuntamiento había contribuido a la decoración de fechas tan señaladas distribuyendo por toda la ciudad esas bolas de nieve que contenían escenas literarias británicas. No era extraño que una de ellas recrease el clásico navideño por excelencia, pero el embajador sintió un escalofrío por la coincidencia dickensiana y el recuerdo de la alta mujer de rojo que lo había interpelado ante el cuadro de Catalina de Aragón. Finalmente, había optado por no decir nada al retén de seguridad de la embajada, ni tampoco a su chófer, porque a medida que transcurría la mañana ese extraño encuentro cada vez se le antojaba más irreal, como si lo hubiese soñado. Necesitaba descansar; desde hacía un tiempo le costaba dormir.

La puerta lateral se abrió y una mujer de pelo castaño con gafas de montura metálica redondas, bufanda azul y un largo abrigo verde musgo ajustado a la cintura salió a su encuentro, interrumpiendo sus pensamientos. Llevaba una vieja cartera marrón en bandolera y aferraba con ambas manos la correa que le cruzaba el pecho como si fuese lo único que la sostuviese bajo el naufragio gris en el que el cielo londinense había amanecido. Pese a la ausencia de viento, los largos faldones del abrigo revoloteaban alrededor de sus tobillos cada vez que se movía. Quizá porque la diplomacia a menudo se reducía al arte de leer entre líneas, Thiago se había convertido en un experto en lenguaje corporal; la sensación que transmitía la desconocida, añadido a la palidez de su rostro y a los pasitos indecisos con los que se le acercó, era de desasosiego.

—El embajador español, supongo.

Necesitó echar mano de sus muchos años de experiencia para no poner los ojos en blanco: otra londinense que se creía Henry Stanley al rescate de David Livingstone. Cuadró los hombros, le tendió la mano y se presentó con nombre y apellido, prescindiendo de su título.

—Violet Redbreast —dijo la joven devolviéndole el apretón con una mano sorprendentemente cálida pese a no llevar guantes—. ¿Sabe que su apellido procede del nórdico antiguo y que significa páramo o brezal?

—Mi familia es originaria de la costa gallega. Sufrió muchas incursiones vikingas en el siglo XII.

—Lo siento.

Era difícil determinar si la mujer estaba tomándole el pelo porque, aunque hablaba con total seriedad y seguía pálida y aferrada a la correa de su cartera, una chispa misteriosa, sospechosamente parecida al regocijo, bailaba en el fondo de sus ojos verdes, casi de la misma tonalidad de su abrigo. Más allá de darle el pésame por las incursiones vikingas del siglo XII, no parecía dispuesta a entregarle ningún fósil.

—Trabaja para el profesor William Peddick —señaló Thiago en un intento de llegar a donde quería, aunque fuese a través de obviedades—. Mi secretario ha hablado con usted.

—Pensaba que vendría él a recoger el... mmm... la cosa.

—¿La cosa?

—Ya sabe, eso que no tenemos, pero que habría que devolver a China.

Hacía apenas unos minutos que acababa de conocerla, y Thiago ya había tenido que echar mano de su profesionalidad dos veces para no dejar traslucir su fastidio. Quizá fuese otro síntoma del estrés que sospechaba sufrir: alucinaciones con un espíritu de mejillas rubicundas, paleontólogas misteriosamente inquietas que lo sacaban de quicio... Estaba deseando descubrir qué sería lo próximo.

—Es Nochebuena —se sorprendió dando explicaciones—. Casi todo mi personal está de permiso. ¿Le parece bien si me entrega a mí el... la cosa —pronunció con renuencia—, doctora Redbreast?

—No soy doctora. Todavía —añadió—. Me temo que ha habido un terrible malentendido.

—No creo que lo de su titulación académica sea tan relevante.

—No es por lo de doctora, es por lo de la cosa.

—Me encantaría seguir aquí con usted, helándome de frío...

—¿Por qué no lleva abrigo? ¿Es por lo de su ascendencia vikinga?

—Es porque me lo he dejado en el coche —dijo señalando el Bentley a su espalda—. Pensaba que esto me llevaría menos tiempo.

—Me encanta su coche. Es igualito al del demonio Crowley, en *Buenos presagios*.

Thiago estaba teniendo un montón de presagios, pero ninguno le parecía bueno.

—Es una novela —aclaró la paleontóloga.

—No tengo tiempo para leer novelas —se impacientó el embajador—. Ni tampoco para continuar charlando sobre genealogía vikinga o demonios.

—Córcholis, qué borde.

—¿Córcholis?

—Intento no decir palabrotas; en el ámbito académico no te toman en serio si las dices. No son lo suficientemente largas y difíciles de pronunciar para resultar impresionantes —explicó Violet muy seria—. Supongo que en su mundillo debe de ocurrir algo similar. Antes se me escapaban, pero he conseguido controlarme bastante. Menos cuando me pongo nerviosa.

—Para ser inglesa, posee una sorprendente habilidad para decir lo que piensa.

—Es que soy de un barrio obrero.

Esa vez, ninguna experiencia diplomática lo salvó de quedarse mirándola fijamente, sin encontrar la réplica adecuada. No estaba acostumbrado a tanta sinceridad y le resultaba de lo más alarmante.

—No tengo la cosa —continuó Violet como si no acabase de llamarlo borde en su cara sin molestarse en utilizar una metáfora—. Pasé ayer a mediodía por la residencia particular del profesor Peddick y la recogí. Recuerdo perfectamente haberla metido con sumo cuidado en mi cartera.

—¿Y ya no está donde la guardó con tanto esmero?

—Supongo que sí. Solo que esta no es mi cartera, sino la del profesor. ¿Le duele la cabeza? —preguntó solícita cuando vio que Thiago se pellizcaba el puente de la nariz—. ¿Quiere un analgésico?

—Quiero que me entregue la maldita cosa para devolverla de inmediato a la delegación de China, y así olvidarme de todo este asunto. —El embajador casi masticaba cada una de sus palabras—. ¿Cómo puede haberse confundido de cartera?

—Es que son iguales. El museo nos la regala cuando llevamos cinco años en plantilla. Son muy prácticas, y los cierres...

—No voy a comprarme una.

La futura doctora Redbreast hizo una pausa para tomar aliento y volvió a la carga dado que, por lo visto, desconocía esa convención social que aconsejaba evitar contar a los demás cuanto se le pasaba por la cabeza sin filtro alguno.

—¿Todos los españoles son así de simpáticos?

—Por lo general, solemos llevar un sombrero cordobés, bailamos sevillanas y nos alegra un montón una buena jarra de sangría, pero me ha pillado en un mal momento.

—No se preocupe...

—Sí que lo hago.

—... sé dónde está la cosa. Debe de seguir en mi cartera, solo que me confundí y se quedó en casa del profesor. Iré a buscarla ahora mismo, apenas son cinco paradas de metro. Podemos quedar aquí en..., digamos, ¿una hora? ¿Una hora y media?

—No pienso perderla de vista. Si es capaz de equivocarse de cartera, no quiero ni imaginar cómo se las apaña para acertar con las líneas de metro. Iremos en mi coche.

Thiago esperó unos segundos por si a la futura doctora

Redbreast se le ocurría alguna objeción a su propuesta o si quería pronunciar algún otro exabrupto victoriano, pero parecía estar contemplando con arrobo el Bentley aparcado a unos metros. Se dio la vuelta y comprobó que su chófer los esperaba fuera del vehículo. Probablemente preocupado por su tardanza, habría decidido echar un vistazo para ver quién intentaba secuestrar al embajador.

—Esto no está saliendo como tenía previsto —masculló mientras se masajeaba otra vez el puente de la nariz.

—Me pasa a menudo.

La invitó a que lo precediera hasta el coche con un rígido ademán e hizo las presentaciones en cuanto se aceraron lo suficiente.

—Este es Álvaro, mi chófer.

Aprovechando la distracción de la charla insustancial del saludo, la empujó con suavidad para que entrase por la portezuela que, con tanta práctica, el conductor oficial mantenía abierta para ellos.

—Encantada. Soy Violet. Su Bentley mola un montón.

—A mí también me lo parece. —Álvaro sonrió.

Ajena a la impaciencia del embajador, que casi se había aparecido a su lado en el asiento trasero del coche, Violet esperó a que el chófer se pusiera tras el volante para darle más explicaciones:

—Mis hermanos dicen que el Bentley de Crowley, el que sale en la serie de Netflix, era de la década de los años treinta.

—¿Quién es Crowley? —preguntó Álvaro buscando en el retrovisor interior la mirada de su jefe.

—Al parecer, un demonio —murmuró Thiago al tiempo que trataba de recuperar su abrigo de debajo del trasero de la paleontóloga.

—Este pertenece a la embajada española, y creo que es un modelo del año 2000 que se fabricó siguiendo la línea clásica de principios del siglo pasado. El excelentísimo señor embajador...

—¿Quién?

—Al parecer, yo mismo —volvió a murmurar Thiago. Se inclinó sobre Violet para ajustarle el cinturón de seguridad, porque al parecer las paleontólogas ignoraban la existencia de un invento tan alejado del Cretácico, y se encontró con el ligero aroma de su perfume. Un recuerdo fugaz al olor de las rosas blancas lo desconcertó.

—Repámpanos —exclamó Violet a pocos centímetros de su cara—, no sabía que tenía que llamarlo por su título. Discúlpeme, excelencia.

—Eso es para el príncipe de Gales.

—¿Señor excelente, entonces?

—Muy adecuado, si se refiere a su abuelo.

—¿Excelso?

—Por favor, llámeme Thiago. ¿Adónde vamos?

—A recuperar la cosa. ¿Tiene problemas de memoria?

—Si fuese tan amable —solicitó en un tono de voz tan medidamente controlado que habría puesto los pelos de punta a cualquiera que no fuese la futura doctora Redbreast— de confiar a Álvaro la dirección del profesor Peddick...

—Vive en Brownlow Meads. Siga por Brompton Road, en dirección a Belgravia. Pase de largo Buckingham Palace, vaya hacia el Museo Británico y desde allí volveré a indicarle. Sí, por aquí, hacia Knightsbridge. Pensaba —añadió como si fuese capaz de hacerlo— que por estas fechas casi todo el tráfico al norte del Támesis estaría cortado.

—No para nosotros, señorita. Matrícula diplomática —la informó Álvaro con cierto orgullo.

—Ah, lo dice por el excelente señor.

Thiago volvió a pellizcarse el puente de la nariz; quizá sí que iba a necesitar un analgésico. O dos.

Fortnum & Mason, Saint James's

Fortnum & Mason se fundó en 1707, dos años después de que el emprendedor William Fortnum y el tendero de Saint James Hugh Mason se conociesen. Su negocio pasó de lucrativo a esplendoroso cuando la reina Carlota, consorte de Jorge III y madre del futuro Jorge IV, lo nombró proveedor oficial de la Corona británica en 1760. Como tal, en la época georgiana, Fortnum's envió provisiones al frente inglés durante las guerras napoleónicas —nunca dudé de la palabra de Archie MacTavish, capitán de la brigada escocesa de Wellington, cuando aseguraba que lo único que echaba en falta de las trincheras de Waterloo era la extraordinaria manduca que le servían a la hora del té— y, en la época victoriana, a la guerra de Crimea, junto con algunas toneladas de caldo Bovril para los hospitales de Florence Nightingale. Fortnum & Mason inventó algo que llaman «huevos escoceses», una abominación que cualquier escocés jurará no haber probado en su vida, y desde 1738 se incluyeron en sus famosas cestas de pícnic patrocinadoras tanto de reputados exploradores victorianos como de las carreras de Ascot. A principios del siglo XX, las *suffragettes* detenidas y encarceladas también recibirían por cortesía de los grandes almacenes esas cestas de provisiones para esnobs. Fortnum's mostraba así su apoyo al movimiento por los derechos humanos de las mujeres; muy loable, hasta que las *suffragettes* encarceladas empezaron a declararse en huelga de hambre. Amanda Kenworth, líder sufragista, se lo tomó bastante mal. Cuando fue puesta en libertad, entró en Fortnum & Mason en Piccadilly, subió hasta el salón Diamond Jubileé Tea y se zampó ella solita los cinco pisos de dulces y sándwiches de su famoso Afternoon Tea. Sorprendentemente, no murió de indigestión, sino atragantada con el té. Su fantasma sigue allí, sentada a la mesa del rincón derecho junto a los ventanales con vistas a Piccadilly que la directora y gerente de los grandes almacenes mantiene siempre reservada en memoria de Lady Di.

DOCTOR DAVID WILLOUGHBY, The Crow,
Dislocación geográfica de los fantasmas de Londres

Violet se tranquilizó a medida que el coche atravesaba Kensington en dirección nordeste. Comprendía la importancia que había tenido el fragmento de cráneo del velocirráptor de Konglongshan para documentar los avances paleontológicos de principios de siglo sobre el aspecto y la protección dérmica de los dinosaurios, pero China poseía centenares de fósiles mejores y más completos que el del profesor Peddick y la teoría de las plumas multicolores hacía tiempo que había dejado de ser una novedad. Se le escapaban las razones políticas y diplomáticas por las que Thiago Heide concedía tanta importancia a la devolución del hueso. El embajador se comportaba como si ella hubiese perdido una ojiva nuclear que fuera a explotar a mediodía y solo él estuviera en posesión del código para desactivarla. Antes de llegar al cruce de Knightsbridge, el hombre ya había consultado el reloj y la pantalla de su móvil en dos ocasiones. Violet intentó consolarse pensando en que existían destinos mucho peores que pasar la mañana en un Bentley junto a un diplomático extranjero enfadado, como, por ejemplo, el de las decenas de incautos que se apiñaban en esos momentos en los alrededores de los grandes almacenes Harrods dispuestos a realizar sus compras navideñas de última hora.

El embajador parecía el tipo de persona al que sus hermanos jamás enviarían al espíritu de las Oportunidades Antisartenes —o lo que fuese— porque compraba los regalos navideños en marzo, sin olvidar adquirir también un detalle para cada uno de sus empleados. Con su elegante traje gris de tres piezas, corbata y camisa azules, zapatos impolutos, afeitado impecable y el pelo cano peinado con una raya tan recta como la aguja de la catedral de Saint Paul, a Violet le había parecido metódico, ordenado y terriblemente triste. Soterrado bajo toda esa impaciencia por el incidente con las carteras y la desacostumbrada circunstancia de que sus planes no se cumplieran tal como había previsto, persistía un misterioso anhelo.

«Los mejores planes para Nochebuena: atravesar medio Londres con un embajador repelente y tristón —dijo con retintín la malvada vocecilla interior de Violet—. Estoy deseando descubrir qué me espera en Nochevieja».

Intentó distraerse de la inquina de sus pensamientos disfrutando del paisaje urbano, en la medida en que eso era posible. El Bentley rodaba con fluidez entre el restringido tráfico navideño, había dejado a la izquierda Hyde Park y circulaba por Piccadilly. Las ramas desnudas de los viejos tilos y los álamos negros de Green Park, que extendían sus sarmentosos dedos hacia el cielo gris, ponían una nota a lo *Sleepy Hollow* en su recorrido. Era el único parque de la ciudad que carecía de arriates de flores desde que Catalina de Portugal, esposa del rey Carlos II, ordenó que se arrancasen todas y no volvieran a plantarse «nuncajamás», lo mismo, por cierto, que se prometió a sí mismo el sobrino de seis años de Violet cuando probó la col hervida. Por lo visto, la monarca había sorprendido a su marido cogiendo un ramillete para otra mujer en los jardines de Green Park y sucumbió a un ataque de celos digno de un personaje de Lewis Carroll. Pero, como decía Ian Malcolm en *Jurassic Park*, «la vida [siempre] se abre camino», y en primavera no había flores más hermosas que los miles de narcisos silvestres que crecían en Green Park.

—Siga hacia el norte, por el Soho, en dirección a Russell Square —indicó al chófer cuando pasaron de largo Saint James.

—No se preocupe, Álvaro conoce bien la ciudad.

—¿Toda la ciudad?

«Seguro que lo más al norte de Belgravia o de Westminster que se ha atrevido a llegar es el Reform Club —apuntó la vocecilla malvada de Violet—, y tampoco es que vaya mucho por allí porque aún le escandaliza que Phileas Fogg apostase en la sala de billar».

—Hace cinco años que ostento el cargo de embajador y,

antes de eso, estuve trabajando para la cancillería. Álvaro todavía lleva más tiempo en Londres.

—Unos doce años —concretó el aludido.

—Nos apañamos casi tan bien como nuestra compatriota Leonor. ¿No sabe quién fue Leonor de Castilla? —preguntó cuando vio la cara de desconcierto de su acompañante.

Violet supuso que se trataría de alguna reina de corazones al estilo de Catalina de Portugal. Al fin y al cabo, Portugal y España debían de ser casi el mismo país, con todas esas raruñas costumbres católicas y sus reinas temperamentales.

—Pero ¿sabe por qué Charing Cross se llama así? —insistió el embajador repelente.

—Sé que es una de las piedras fundacionales de Londres, junto con Saint James, Westminster, Temple y Blackfriars.

—¿Piedras fundacionales?

—Para llegar a paleontóloga debía escoger entre estudiar Geología o Zoología, antes del posgrado, y opté por la primera. Como mi interés por los dinosaurios nació entre los estratos geológicos en la excavación de Konglongshan...

—En la que se cometió latrocinio...

—¿Acaso es usted Hercule Poirot? Ah, disculpe, olvidaba que no tiene tiempo para leer novelas.

Quizá por eso se lo veía tan triste, pensó Violet, quien no entendía cómo se podía vivir en una de las ciudades más literarias del mundo y no sentirse jamás tentado por ninguno de sus escritores.

—En lo que respecta a poner suspense a un incidente diplomático, Agatha Christie no le llega ni a los tobillos —refunfuñó Thiago Heide.

—No le haga caso, señorita —intervino el chófer con amabilidad—. Cuéntenos por qué estudió Geología.

—Gracias, Álvaro —mascculló su jefe con sarcasmo.

—Señor...

Violet intercambió una sonrisa fugaz con el chófer a través del retrovisor interior y continuó con su explicación como si jamás la hubiese interrumpido un diplomático irritable.

—Londres se hunde lentamente sobre un lecho de arcilla endurecida —siguió con su mejor voz de alumna aplicada—. Bajo nuestros pies, a lo largo de unos novecientos metros en vertical, como mucho, se compacta toda la historia de la ciudad desde el campamento de Julio César hasta nuestros días. En las profundidades, se asienta sobre rocas del periodo paleozoico de doce millones de años de antigüedad que nadie ha visto nunca. Cuando en la década de 1960 empezaron las excavaciones para el metro de Victoria Line, que cruzaría el centro de Londres, es decir, el perímetro interior demarcado por sus cinco piedras fundacionales, se descubrieron fósiles de cincuenta millones de años que todavía se conservan en el Museo de Historia Natural.

—O en el despacho del profesor Peddick —murmuró Thiago.

—Le he oído —lo riñó con el ceño fruncido la paleontóloga.

Pero entonces, a punto de dejar atrás Saint James, la preciosa fachada de Fortnum & Mason en Piccadilly hizo soltar un «oooh» muy bajito a Violet. Ese diciembre, habían decorado el edificio como un gigantesco calendario de Adviento victoriano, con cada una de sus ventanas enmarcadas por guirnaldas de muérdago y numeradas del uno al veinticuatro. Una intensa luz rojiza, como un alegre faro carmesí en aquel día nublado, iluminaba su fachada principal. Era el último día de Adviento, por lo que cada una de las veinticuatro ventanas simulaban haber sido abiertas y mostraban escenas de *Canción de Navidad*, de Charles Dickens, el hombre que, prácticamente, había inventado la Navidad. En la ventana central del segundo piso, la más grande con diferencia, el espíritu de las Navidades Pasadas, el espíritu de las Navidades Presentes y el espíritu de las Navidades que Están por Venir contemplaban a los pobres mortales que se apresuraban por Piccadilly. A Violet le pareció que el último fantasma parecía más un dementor que un espíritu dickensiano. Si tuviese que evocar un pensamiento feliz para neutralizarlo, sin duda sería el momento en el que William Peddick había despertado su vocación profesional con aquellas pocas palabras: «Siempre es la hora del té».

Debía, pues, gran parte de su felicidad al profesor Peddick, y ni siquiera recordaba haberle dado las gracias en algún momento. Acudió a su mente la reciente persecución por los pasillos del museo por la adolescente enlutada que la había acusado de ser un desastre escogiendo regalos navideños. Violet se enorgullecía de no dejarse arrastrar por la inercia consumista de aquellas fechas, pero reconocía que se había escudado en la falta de tiempo para comprar cualquier cosa a los miembros de su familia y a sus amigos, siempre a última hora y sin reflexionar, solo para no aparecer con las manos vacías. Como la chica del pelo sucio le dijo, no se trataba de dinero, sino de detenerse un momento a pensar con cariño en alguien que te importaba para encontrar ese detalle pequeñito con el que darle las gracias. «Gracias por ser cómo eres. Gracias por estar en mi vida. Gracias por quedarte y quererme...».

«... pese a que he puesto nombre a la reproducción de un dodo y que cualquier ocasión me parece buena para darte la turra sobre Steve Brusatte», añadió su malvada vocecilla interior.

Aunque seguía medio convencida de que el espíritu de las Oportunidades Navideñas era, de alguna manera, una treta orquestada por sus hermanos, Violet tomó una resolución.

—Por favor, Álvaro —pidió con firmeza—, detenga el coche. Necesito entrar un momento en Fortnum's.

—Ni se le ocurra, Álvaro —contravino la orden Thiago Heide—. Por si se le ha olvidado —dijo fulminando a Violet con la mirada—, tenemos algo de prisa, así como el deber de evitar un conflicto diplomático entre China y su recalcitrante país de paraguas, bombines y bebedores compulsivos de té.

—Los chinos beben más té que nosotros.

—Solo desde que la Commonwealth dejó de esquilmar sus campos de Lapsang Souchong o lo que sea.

—Si nos tiene tanta manía, ¿por qué está aquí?

—Por todos los dioses, preste atención. Para devolver la cosa a sus legítimos dueños.

—Álvaro, por favor —suplicó Violet con su mejor mirada de golden retriever clavada en el retrovisor interior del coche.

—Señor, me temo que ganaremos tiempo si hacemos caso a la dama.

—¿Ganaremos tiempo deteniéndonos para entrar en unos almacenes llenos hasta la bandera con los desesperados por hacer las compras de última hora en Nochebuena? No le importará explicarme la lógica de eso.

—Lo haría si pudiera, señor.

El conductor había reducido la marcha del Bentley a medida que se aproximaban al edificio iluminado en rojo y, una vez que se aseguró de que Heide cedía a regañadientes y con un resoplido de resignación, se detuvo frente a la puerta de Fortnum & Mason. Al momento, el enorme portero de los famosos almacenes hizo ademán de acercarse para echarlo de allí, pero se contuvo con cara de malas pulgas en cuanto se percató de la matrícula diplomática del vehículo. Violet, temerosa de que el embajador se dejara llevar por unos intensos deseos de felicitar a Álvaro por todos sus años de servicio y fidelidad antes de despedirlo, se apresuró a apaciguarlo.

—Le prometo que entraré, compraré los sándwiches de pepino preferidos del profesor Peddick y volveré antes de que le dé tiempo a contar entera la historia de Leonor de Castilla.

De manera inconsciente, lo había agarrado del brazo y se inclinaba tanto sobre él que podía ver los puntitos dorados que bordeaban el marrón de sus ojos.

—No tiene ni idea de lo corta que es —dijo Thiago en voz baja, un poco turbado por su proximidad.

—Por favor. Es Navidad, y al profesor no le queda familia, así que pasará solo estos días. Llevémosle un obsequio, de parte de los dos. Cuando menos, procuremos que no se olvide de que tiene personas que lo aprecian.

—¿Sándwiches de pepino? —preguntó Thiago.

—Sí, y con queso crema. Son sus favoritos.

El embajador soltó un resoplido, se pellizcó el puente de la nariz y al final gruñó en voz muy baja:

—Vaya, maldita sea, salga del coche antes de que me arrepienta. Si no está de vuelta en diez minutos, nos iremos sin usted y sin los sándwiches de pepino a casa del profesor.

De no hallarse dentro de un Bentley de techo bajo, Violet habría saltado de alegría. En cambio, se contentó con retorcerse desesperadamente para liberarse de la correa de la cartera, que se había enredado con algo, y tirar de los largos faldones de su abrigo para lograr salir del coche. Cuando Álvaro le abrió la portezuela, dejando entrar un frío desalmado en el vehículo, seguía forcejeando consigo misma.

—¡Gracias! —jadeó por culpa de sus esfuerzos para apearse del coche—. Volveré enseguida.

—Lo dudo —masculló tranquilo el embajador al tiempo que la observaba con los ojos entornados.

Concentrada en tironear de su cartera y de su abrigo como si no hubiese un mañana, Violet empezaba a comprender que algo la tenía atrapada.

—Redbreast —pronunció Thiago con calma para llamar su atención.

—¿Excelente señor? —Se lo quedó mirando, desconcertada.

Thiago se inclinó tanto sobre ella que, por un milisegundo, Violet pensó que la besaría. La envolvió el discreto aroma a limpio de su loción de afeitado antes de fijarse en la firme curva de su mentón, su barbilla bien proporcionada y esos labios que cuando no se le apretaban con inquina cada vez que la miraba no estaban nada mal. Notó su respiración junto a la mejilla y contuvo la suya con el corazón acelerado. No conocía las costumbres españolas sobre despedidas cuando dos personas que acababan de conocerse debían separarse durante unos momentos, pero quizá los embajadores europeos del sur del continente manejaban protocolos más cariñosos que los de los noruegos. En el Instituto de Ciencias de la Tierra trabajaban cuatro colegas españoles y ninguno de ellos se despedía con un beso, pero claro, eran científicos y los científicos practican la distancia social dentro y fuera de cualquier laboratorio del mundo. O, tal vez,

Thiago Heide iba a darle un beso de despedida porque estaba convencido de que tenía pocas probabilidades de recuperar con vida a alguien que estaba a punto de entrar en unos grandes almacenes de Piccadilly la víspera de Navidad.

Había cerrado los ojos con el corazón un poco alborotado, cuando notó la mano del hombre en la cadera casi a la vez que se oía con claridad un clic metálico.

—Llevaba puesto el cinturón de seguridad. —Thiago dejó caer las palabras tan cerca de su oído que Violet sintió un escalofrío.

—¡No tardaré! —gritó mientras huía en dirección a Fortnum's arrebolada como una rosa de Lancaster.

—Acompáñela, Álvaro —escuchó la voz del embajador a su espalda—. Usted hace buenas migas con los nativos.

—¡No es necesario! —les gritó Violet antes de desaparecer por la puerta.

Media hora después, el Bentley seguía por Piccadilly en dirección al Museo Británico con una paleontóloga casi serena y razonablemente pálida para los estándares ingleses en invierno, un embajador taciturno, ambos en el asiento de atrás, y una gran bolsa de papel de Fortnum & Mason, en el asiento del copiloto, haciendo compañía a un chófer al que cada vez le costaba más disimular la sonrisa.

—Me han llamado de la embajada china para confirmar

que nos encontraremos a las doce y media, tal como estaba previsto —la puso al día Heide, aunque nadie le había preguntado al respecto.

—¿Busca mi aprobación?

El tono burlón de la pregunta de Violet habría resultado más efectivo si en esos momentos no hubiese tenido otra vez al diplomático inclinado sobre ella, en esa ocasión para abrocharle el dichoso cinturón de seguridad.

—Busco su promesa de que no habrá más paradas comerciales por el camino.

Violet sintió como si volviesen al punto de partida. Aunque siempre había pensado que no carecía de habilidades sociales, hasta el momento no había avanzado ni un solo milímetro en sus esfuerzos por ganarse la simpatía de aquel hombre.

«Quizá tenga algo que ver que no le hayas devuelto todavía el fósil y vaya a quedar como un idiota en su reunión de las doce y media», saltó su vocecilla malvada con retintín.

—¿Por qué quedó para almorzar el día de Nochebuena? —preguntó cuando el silencio se le hizo incómodo.

—Porque la cultura china no celebra la Navidad. Me pareció que sería más discreto devolverles el... la cosa con la menor pompa posible. La embajada española se queda casi vacía esta semana y, oficialmente, estoy de vacaciones.

Sonaba como uno de los planes vacacionales más penosos del planeta. Le habría gustado preguntarle sobre su familia, si estaba casado y si tenía hijos, si creía que una bandeja de sándwiches contaría como redención para el espíritu de las Oportunidades o cómo iba a celebrar la Navidad el excelente señor. En Nochebuena, los ingleses colgaban los calcetines de sus niños en las chimeneas para que Santa Claus los llenara de chucherías, aunque no todas las familias se reunían para cenar porque el gran ágape festivo solía ser al día siguiente, el almuerzo de Navidad. Como en la parte menos agraciada del barrio de Hackney no se estilaban las chimeneas, sus padres siempre habían colgado los calcetines del árbol de plástico decorado que ponían en el comedor. Su madre los llenaba hasta rebosar con sus chocolatinas preferidas, con cochecitos Hot Wheels para los gemelos y animalitos Sylvanian Families para ella. Ni Violet ni sus hermanos escribían carta alguna a Santa Claus porque creían que el gran hombre era lo suficientemente mágico para saber qué anhelaban sus taimados corazoncitos infantiles. Y así había sido. Solo que la verdadera magia no viajaba en trineo desde el Polo Norte, sino que vivía con ellos en un piso de Hackney, se llamaba Vivian y jamás la visitaría el espíritu de las Oportunidades Navideñas ya que ella sí sabía cómo devolver un poquito de felicidad a quienes la rodeaban. Por desgracia, su hija Violet no había heredado semejante don.

—Pero en España sí que se celebra la vigilia de Navidad —dijo Violet retomando la conversación con el embajador antes de que a su malvada vocecilla interior le diese por apuntar que todavía no había comprado nada a sus padres, ni a su abuela ni a los gemelos.

Thiago Heide asintió, le devolvió la mirada con esos ojazos marrones con puntitos dorados que, si bien a regañadientes, la paleontóloga reconocía no importarle volver a contemplar tan de cerca, y luego perdió la vista más allá, por la ventanilla del coche.

—Intercambiamos regalos, comemos turrón y asistimos a la misa del gallo —dijo al cabo de un momento.

—No se preocupe, tengo colegas antropólogos; estoy familiarizada con los rituales y los sacrificios de animales. Le estoy tomando el pelo —aclaró Violet al ver su cara de preocupación—. Ya sé que en la misa de Nochebuena no se decapita ningún gallo. La sangre lo salpicaría todo, y el arzobispo de Canterbury se pondría como loco con la factura del tinte de los tapices y las alfombras.

—En algunas comunidades autónomas —continuó impasible el embajador—, las familias se reúnen en Nochebuena. Abuelos, tíos, hermanos, primos..., todos alrededor de la mesa. Cantan villancicos y tocan la zambomba (por favor no me pida que se lo traduzca) y una botella de anís.

«Las familias se reúnen». Había sonado como si la suya no lo hiciese, o como si no le quedase ninguna familia con la que reunirse. Quizá por eso se lo veía tan triste. Violet quería preguntárselo, pero algo en la rigidez del embajador la conminó a ser prudente. Con delicadeza, guardó silencio... por poco tiempo. Le resultaba incómodo permanecer tan cerca de aquel desconocido sin entablar conversación o, por lo visto, sin enredarse con el cinturón de seguridad. Tal vez no se ganara su simpatía, pero prefirió distraer al diplomático para espantar la tristeza que se había colado en el coche.

—Cuénteme qué le pasó a Leonor de Castilla en Charing Cross —le pidió al cabo de unos instantes—. Y no se deje los detalles macabros sobre cómo la asesinó uno de sus embajadores y luego la enterró en las obras de la estación subterránea del metro.

Thiago se volvió hacia ella con un brillo divertido bailándole en la mirada, y Violet tuvo la sensación de que había entendido la delicadeza de su gesto. Al fin y al cabo, su profesión trataba sobre gestos y sutileza.

—Leonor de Castilla —empezó a contar en el tono de quien explica un cuento en voz alta a unos niños muy atentos— vivió en la segunda mitad del siglo XIII. Faltaba un poquito todavía para que los londinenses se lanzaran a excavar los túneles del metro, ya se imagina. Fue una princesa española, reina de Inglaterra y Gales por su matrimonio con Eduardo I. Se casaron antes de que Eduardo heredase la corona a la muerte de su padre, Enrique III, y se fueron juntos a las Cruzadas.

—Qué espanto de luna de miel —comentó Violet mirando por la ventilla. Russell Square se acercaba por su izquierda y ya se veían las verjas de los jardines de Brunswick. Llegarían a su destino en menos de cinco minutos.

—Estaban muy enamorados. También juntos sometieron definitivamente el territorio de Gales. Leonor dio a luz al futuro Eduardo II en el castillo de Caernarfon.

—Eran como el señor y la señora Smith del siglo XIII —lo interrumpió para disimular lo mucho que la turbaba darse cuenta de que le parecía sexy que Thiago pronunciase Caernarfon con tanta soltura.

—Leonor murió en 1290, en Lincolnshire, a los cuarenta y nueve años —siguió el embajador sin inmutarse.

—Lo que tiene mucho mérito, si nos atenemos a sus excursiones en zona de guerra.

—Probablemente muriese de sobreparto; la pobre tuvo quince hijos. Eduardo I quedó tan desolado por la pérdida de su querida esposa que ordenó erigir una cruz en su nombre cada vez que el cortejo fúnebre con los restos mortales de su reina se detuviese a lo largo de la trayectoria desde Lincolnshire hasta la abadía de Westminster, donde sería enterrada. Se elevaron doce cruces en total, de las que se conservan tres: Northampton, Geddington y Waltham. La de Charing fue la última Eleanor Cross en erigirse tras el paso de la reina. Se eliminó por decreto del Parlamento en el siglo XVII, pero todavía se conserva una réplica de la original cerca de donde estuvo la primera. Por eso el lugar se llama Charing Cross, por la Cruz de Leonor.

Aquel hombre dominaba el discurso de maravilla. Acostumbrada a los profesores universitarios de la vieja escuela y a la excéntrica, aunque encantadora, oratoria del William

Peddick, reconocía el buen arte del lenguaje oral cuando lo escuchaba. Imaginó a Thiago Heide, con su traje gris, su brillante pelo cano y su mirada implacable juzgando con severidad desde la tarima a todos aquellos políticos de Naciones Unidas que, por supuesto, arrancarían a aplaudir emocionados en cuanto acabase de cantarles las cuarenta.

—Es una buena historia —dijo, y carraspeó para disipar sus fantasías políticas—, pero no tiene nada que ver con el Charing Cross fundacional. De todas formas, hoy en día, excepto geólogos y paleontólogos, muy pocos recuerdan el origen de las piedras sobre las que se alza el corazón de Londres. Se considera núcleo urbano todo lo que queda dentro de la circunvalación de la M25.

—Los ingleses siempre me han parecido muy prácticos.

Álvaro giró por Saint John Mews, y Violet le pidió que aparcase el coche delante del número 221 B de Brownlow Meads.

—¿Por qué se encarga usted de devolver el… la cosa a China? —preguntó a Thiago Heide mientras se tironeaba de nuevo del abrigo para internar abotonárselo antes de salir del vehículo—. Me refiero a que su país no tiene nada que ver con la excavación ni con el… el despiste del profesor Peddick.

El Bentley se detuvo, y el embajador, impertérrito, le desabrochó el cinturón de seguridad y lo desenredó de la correa de la cartera, lo que concedió cierta ventaja a Violet en las hostilidades contra los botones de su abrigo.

—Es un asunto delicado —contestó librándose de su propio cinturón y poniéndose el abrigo a su vez con una fluidez envidiable— porque su país no quiere reconocer implicación alguna en la desaparición del fósil...

—En cuanto falta un trozo de templo o una reliquia todas las miradas se vuelven hacia nosotros.

—... y China no tiene claro hasta dónde puede presionar o si merece la pena.

Álvaro corrió a abrirles la portezuela del coche. Se quedaron un momento en la acera contemplando el edificio bajo de ladrillo oscurecido con puertas pintadas de blanco tan típico de esa zona de Holborn. La mañana seguía siendo gris y fría, pero la ausencia de viento, de un soplo de brisa siquiera, amortiguaba los sonidos de la ciudad y concedía a Brownlow Meads un aspecto extraño, somnoliento. Violet se volvió hacia el embajador y casi se dio de bruces contra su pecho.

—¿Se ofreció voluntario? —le preguntó dando medio paso hacia atrás, un poco azorada, hasta recuperar una distancia social más o menos cómoda según los estándares de Henry James.

—Digamos que era una patata caliente que la ministra de Cultura de Reino Unido me pasó mientras jugábamos al golf en Escocia.

Ambos dieron las gracias a Álvaro por el trayecto, y luego su jefe le pidió que los esperase dentro del coche tras asegurarle que no tardarían.

—Podría haberse negado.

—Me cae bien la ministra. Somos casi amigos, hasta donde pueden serlo dos políticos.

—Y ella le deberá un favor.

Thiago negó con la cabeza y le cedió el paso para que lo precediese hacia la puerta del 221 B de Brownlow Meads.

—Me parecía una tarea sencilla —aclaró—. Al menos hasta que la conocí a usted y su sofisticado sistema de seguridad para transportar fósiles del Mesozoico en la cartera equivocada.

«Si Thiago Heide sigue pronunciando Caernarfon y Mesozoico con tanto desparpajo, no respondo de adónde irán a parar el sentido común y la decencia de las paleontólogas».

—Eso ha sido un pequeño incidente que vamos a resolver ahora mismo —dijo Violet para acallar a su vocecilla interior malvada y, por lo visto, cada vez más lujuriosa—. Y mi seguridad es buena, nadie se atreve a robarle la cartera a una chica de Hackney.

—¿Ese es el barrio obrero del que tan orgullosamente procede?

—Desde las Olimpiadas no es tan chungo, se arregló un poquito para albergar el nuevo estadio, junto a la A12. El problema de estos últimos años es la gentrificación, por los edificios antiguos restaurados y lo que conlleva. Todavía vivo allí, cerca de Victoria Park, en casa de mis padres.

—¿Vive con sus padres? —se escandalizó Thiago—. Pero ¿cuántos años tiene?

—Los suficientes —contestó enfadada por la impertinencia—. Descubrí tarde mi vocación, las tasas universitarias son caras y los alquileres londinenses todavía más. —Se dio cuenta de que también estaba enfadada consigo misma por sentirse obligada a justificarse.

—Disculpe la pregunta, no ha sido diplomática.

—Ja. —Violet lo fulminó con la mirada.

Llamó al timbre del 221 B, para deshacer el hechizo de esa media sonrisa torcida con la que el maldito embajador había tenido a bien pedirle disculpas, y dejó escapar un suspiro con disimulo mientras esperaban. Sonó algo menos malhumorada cuando añadió:

—Además, me gusta mucho mi familia, sobre todo desde que mis dos hermanos mayores se casaron y se fueron de casa.

Un hombre mayor muy despeinado con americana de tweed con coderas y pantuflas les abrió la puerta y asintió complacido en cuanto reconoció a Violet.

—William Peddick —los presentó la paleontóloga—. Y el señor excelente Thiago Heide.

—Al revés —la corrigió el embajador.

—No lo creo —se sorprendió el paleontólogo—. Estoy bastante seguro de que yo soy Peddick.

—Me refería al cargo: es excelentísimo señor, no señor excelente.

Violet y su mentor intercambiaron una mirada de desconcierto; en el sur de Europa tenían yacimientos muy interesantes, pero sus embajadores resultaban ser de lo más quisquillosos.

—Su familia sufrió las incursiones vikingas del siglo XII —intentó disculparlo Violet en voz baja.

Museo de Charles Dickens, Holborn

La Inglaterra victoriana, tanto urbana como rural, también se caracterizó por una morbosa obsesión con el espiritismo, la muerte, la profanación de momias y los fantasmas. Mi abuelo decía que a los escoceses nos afectó en menor medida porque, en el siglo XIX, nos preocupaba más tener suficiente en la despensa para dar de comer a los vivos. Sospecho que, además de económica, también se trató de una cuestión de perplejidad: con todos nuestros castillos hasta la bandera de fantasmas, no entendíamos a qué venía tanto revuelo. Un autor victoriano que manejó como nadie la pobreza, la falta de oportunidades y los espíritus fue Charles Dickens. Sus fantasmas a menudo reflejaban qué pasaba en la vida de sus personajes, pero ofrecían a la par un viaje fantástico en el tiempo. Un viaje de autodescubrimiento no exento de esperanza.

DOCTOR DAVID WILLOUGHBY, The Crow,
Dislocación geográfica de los fantasmas de Londres

Thiago Heide se tenía por un hombre paciente, por eso intentaba plantearse cuánto tiempo tardaban dos paleontólogos en encontrar una cartera en un despacho como si fuese el inicio de un mal chiste y no pura desesperación. El reputado profesor y terror del expolio William Peddick resultó ser un anciano bajito y delgado con cierto aire a lo David Attemborough, pero a escala reducida, de ojos perspicaces tras unas pequeñas gafas y escaso pelo blanco con tendencia a erizarse por la electricidad estática. Aunque lo había recibido con una sosegada amabilidad, su apretón de manos resultó firme y lo observó como si intentase calar el tipo de persona que tenía delante. Al embajador no le costó nada imaginárselo en remotos yacimientos mirando con condescendencia a los científicos autóctonos en un intento mal disimulado de ser amable con quienes habían tenido la desgracia de no nacer en Reino Unido. Hacía tiempo que el imperio se había derrumbado como un castillo de arena, pero, como bien sabía Thiago, no todos los británicos se daban por aludidos.

Mientras Violet se interesaba por la salud de su mentor y lo ponía al día sobre la confusión con las carteras, el anciano los hizo pasar a la sala de estar, una bonita estancia con papel pintado en las paredes, muebles ligeros y amplios ventanales con vistas a un jardín interior. Destacaba en el centro de la habitación una gran mesa de comedor abarrotada de cestas de fruta, ramos de flores invernales, pudines navideños, *mince pies*, galletas de jengibre, botellas de *mulled wine* y tarros de mermelada. Violet tuvo que apartar un par de cajas de pasteles para dejar su bandeja de sándwiches de pepino y queso crema de Fortnum & Mason justo antes de pedir al embajador que la esperase allí mientras acompañaba al profesor al despacho en busca de la cartera correcta.

La televisión retransmitía, con el volumen muy bajo, *Un cuento de Navidad*, la adaptación del clásico de Dickens de 1999 dirigida por David Hugh Jones y protagonizada por Patrick Stewart en el papel de Scrooge y Richard E. Grant en el de Bob Cratchit. En otro momento del año, aquella sala podría haber sido alegre, pero bajo la fría luz invernal que se derramaba por los ventanales, el contraste entre la abundancia de viandas y flores y la desolada bandeja individual de la mesita auxiliar, junto a la butaca, hablaban de soledad. A Thiago no le costó imaginar al profesor Peddick cenando solo frente al televisor y se arrepintió —un poco—

de haber pensado en el anciano como una trasnochada gloria imperial.

El arrepentimiento se le pasó rápido cuando los paleontólogos volvieron con las manos vacías y una expresión indescifrable, en el caso de Peddick, y de algo que Thiago esperaba que fuese culpabilidad, en el rostro de su asistente.

—¿Dónde está el fósil? —preguntó con la boca seca.

—No está aquí —contestó en voz baja Violet.

El embajador no tenía por norma suplicar, pero decidió hacer una excepción.

—Por favor, dígame que es un eufemismo, una forma de hablar en clave porque oficialmente jamás reconocerá que se lo llevaron de China.

—Por supuesto que me lo llevé —intervino el profesor Peddick, muy orgulloso de sus responsabilidades en piratería patrimonial—. ¿Cómo sino iba a argumentar con propiedad sobre las características epiteliales de... Le duele la cabeza, joven? —preguntó cuando vio a Thiago pellizcarse el puente de la nariz—. Enseguida le traigo un analgésico.

—Redbreast —gruñó el embajador en cuanto el anciano salió de escena.

—No se preocupe.

—Sí me preocupo.

—Sabemos dónde está. Cuando ayer me fui de aquí...

—Con la cartera equivocada.

—Jopetas, nunca va a dejar que lo olvide.

—Si por nunca se refiere al par de horas escasas que hace que nos conocemos...

—Todos merecemos una segunda oportunidad.

—Me pregunto cuántas harán falta en su desdichado caso.

—¿Quiere recuperar el... la cosa o no? Como le estaba explicando antes de que me interrumpiera de manera tan grosera, cuando ayer me fui de aquí el profesor Peddick también salió a hacer unas visitas. Llevaba mi cartera pensando que era la suya y, probablemente, se la dejó olvidada en uno de los lugares en los que estuvo.

—Lugares. En plural.

—No tardaremos mucho. El profesor dice que podemos ir caminando a todos ellos desde aquí.

Thiago intentó practicar algunos ejercicios de respiración mientras contaba hasta diez, pero en aquella casa no había suficiente aire. Masculló una disculpa atropellada y salió a la calle. Eran las once y cuarto de la mañana; si Violet estaba en lo cierto —algo sobre lo que cabía hacerse pocas ilusiones— y recuperaban el fósil en, digamos, la siguiente media hora, todavía llegaría a tiempo para el almuerzo con los chinos. La embajada no quedaba lejos y el tráfico restringido jugaba a su favor. No acostumbraba a formar parte del grupo de los catastrofistas, pero tras haber conocido a William Peddick imaginaba que lo más probable era que nada saliese según lo previsto. Si finalmente se veía obligado a anular su compromiso con los diplomáticos chinos estaba en sus manos reducir los daños colaterales; no tenía por qué arrastrar a un chófer inocente por el jubiloso Londres la víspera de Navidad.

—¿Señor?

—Álvaro, no voy a necesitarlo. Váyase a casa, por favor. Celebre la Navidad con su familia. Nos veremos a la vuelta de sus vacaciones.

Una punzada de nostalgia lo atravesó inesperadamente cuando pronunció aquella sencilla frase. Thiago llevaba casi una década sin volver a casa, si es que podía considerarse que todavía le quedaba alguna a la que volver. Le vino a la mente el pazo de sus padres, a las afueras de Pontevedra; aquel lugar se perdía en una nebulosa temporal entre la que destacaban un puñado de recuerdos felices de sus primeros años de vida y los mejores veranos de su infancia. La casona lúgubre de sus tíos, Julia y Miguel, a orillas del Sil, donde pasaba las Navidades secándose los calcetines frente a la chimenea porque había correteado por los bosques y la hierba húmeda durante todo el día. La tía Julia nunca lo regañaba, ni siquiera cuando a la muerte de sus padres se convirtió en su segunda madre, acogiéndolo con cariño y generosidad. Y luego el diminuto piso de Santiago, cerca de la notaría donde trabajaba Carmen, donde no habían celebrado ninguna Nochebuena porque siempre priorizaban compromisos familiares o con los amigos. Por segunda vez en el mismo día lo asaltó el recuerdo de su exesposa subida en un taburete decorando un árbol demasiado grande para aquel pisito. Fue Carmen quien le dijo una vez, como respuesta a lo mucho que le molestaba residir en aquellos pocos metros cuadrados habiendo heredado el pazo de sus padres, que la importancia de una casa no era su tamaño, sino quién te esperaba dentro cuando regresabas cada noche. Miró a su chófer con cierta envidia; no solo porque Álvaro no fuese el responsable de recuperar un pedazo desaparecido de velocirráptor, sino sobre todo porque, a diferencia de él, tuviese un hogar al que volver en Nochebuena.

—Señor, no me importa acompañarlo.

—Sé que su vuelo sale en unas tres horas y que antes querrá dejar el coche en la embajada. Váyase ya, no llegue tarde, son fechas complicadas en los aeropuertos. Cogeré un taxi para regresar a Belgravia en cuanto recupere el fósil.

—No debería ir sin escolta por Londres, señor. Podría ocurrirle algo malo.

—Ya me ha sucedido.

—Algo peor.

—¿Peor que Violet Redbreast?

—Tiene buenas intenciones.

—No lo dudo, pero todavía no he visto que las ponga en práctica.

—Señor, si su jefe de seguridad se entera de esto me matará.

—Yo no pienso contárselo. Le agradezco su servicio, Álvaro. Feliz Navidad.

Finalmente, el chófer se dejó persuadir y, tras desear felices fiestas al embajador todavía con la duda rondándolo por lo que consideraba un terrible abandono, se puso al volante del Bentley. El coche apenas había doblado la esquina cuando Thiago oyó que la puerta del 221 B se abría a su espalda.

—Bien —dijo el profesor Peddick bajo el ala de su fedora tras reunirse con el diplomático en la acera—. ¿Adónde vamos?

—Profesor —suspiró su asistente con timidez—, eso debería decírnoslo usted.

El Museo de Charles Dickens, en el número 48 de Doughty Street, ocupaba un edificio reformado de época georgiana que la asociación The Dickens Fellowship había rescatado de la demolición a principios del siglo xx. El célebre autor, que inmortalizó el Londres victoriano como nadie, había vivido allí durante algún tiempo, entre 1837 y 1839, mientras terminaba *Los papeles póstumos del Club Pickwick*, y escribía y publicaba por entregas *Oliver Twist* y *Nicholas Nickleby*. Thiago se fijó en las puertas contiguas pintadas de rojo adornadas con sendas coronas de acebo y leyó con desaliento el pequeño cartel que anunciaba, bajo la placa azul del English Heritage, que el museo no admitiría más visitantes ese día. El aviso no desanimó en absoluto a William Peddick, que empujó la puerta principal sin inmutarse, sin llamar antes y sin esperar a que lo atendiesen. Por lo visto, la tarde anterior el profesor había almorzado en The Artful Tea Room, el restaurante del museo, con el conservador. Puede que aquel fuese el lugar en el que se había olvidado la dichosa cartera. Violet indicó a Thiago que si se dirigía a la izquierda y cruzaba la tienda de regalos, encontraría la cafetería. Le pidió que los esperase allí mientras ella acompañaba a su mentor a las oficinas del museo, escalera arriba.

Como la cafetería estaba atestada de turistas ruidosos y cansados, Thiago prefirió salir al pequeño patio interior de techo descubierto que hacía las veces de terraza del establecimiento. Ignoró las sillas metálicas, que supuso desagradablemente frías, y se sentó en el único banco de madera del lugar, frente a las hortensias y las milenramas huérfanas de flores. El ladrillo viejo y desgastado original de los muros apenas asomaba entre la espesura de la hiedra trepadora y los arbustos de flores blancas de espino albar, que concedían una nota de color entre tanto verde sombrío. Observó las ramas de un fresno imponente enredadas con laurel alrededor de las cuerdas cenitales que se cruzaban sobre su cabeza y disfrutó del relajante sonido del agua de la fuente y del alegre trino de los petirrojos.

La tía Julia le contó una vez que los petirrojos se asociaban tradicionalmente a la Navidad —aparecían en una de cada tres postales victorianas— porque eran los pájaros que más se avistaban y se oían en los meses fríos. No eran las únicas aves que trinaban en invierno, pero, a diferencia del resto, no lo hacían porque fuese época de apareamiento o para alertar de la presencia de depredadores, sino por puro regocijo. Los petirrojos empezaban a cantar cuando las noches se alargaban, y sus trinos acompañaban al invierno. Aunque *robin* era el término en inglés más común, *redbreast* también significaba «petirrojo». Se preguntó si Violet Redbreast parecía tan feliz y pizpireta porque le gustaba el invierno londinense o porque la divertía toda aquella odisea en busca de un pedazo perdido de fósil. Los ingleses eran raros: enmoquetaban sus hogares y les apasionaba esperar el autobús en una fila ordenada.

Tal vez estaba siendo injusto con la paleontóloga. Thiago no había hecho más que gruñirle y azuzarla para que corriese a recuperar su cartera y Violet había mantenido la calma, incluso el sentido del humor. Aunque al embajador seguía preocupándole faltar a sus deberes —algo que asociaba al fracaso y le resultaba de lo más estresante—, por primera vez en mucho tiempo era consciente de que necesitaba vacaciones. Solo que desde que había muerto la tía Julia no le quedaba un hogar —uno en el que alguien querido lo esperase— al que regresar durante las mismas. Resultaba extraño pasar tanto tiempo lejos de su tierra natal, inmerso en una cultura ajena. Sin darse cuenta, había terminado por dejarse envolver en una sensación de desarraigo, de no pertenencia a ningún sitio, que solo se mitigaba a orillas del Támesis: el olor de la tundra y el limo de las mareas bajas, el rumor acuoso y cambiante de sus tramos rápidos, el brillo casi omnipresente de su superficie plateada durante un día despejado, todo eso le recordaba a la lluvia, el barro y la vegetación frondosa y húmeda de su infancia. La voz del río era la de la tía Julia llamándolo a comer; sus guijarros desgastados lo trasladaban a momentos felices atesorados con mimo, y los remolinos de su cauce devolvían a su memoria la risa despreocupada de sus amigos de antaño. Sus paseos ociosos por Londres no transcurrían en parques —ni siquiera en el asilvestrado Hampstead Heath—, sino a orillas de un río que le hacía olvidar cualquier destierro a fuerza de susurrarle que sus aguas corrían en busca del mar y que todas rompían al fin contra las orillas de sus añoradas costas. Le había bastado detenerse un momento en el patio del Artful Tea Room del Museo de Charles Dickens, aquel pequeño y sombrío oasis de silencio en el corazón de Londres, para entender el cansancio y el peso de su solitario naufragio.

—Debería verlo en verano.

Thiago dio un respingo al oír la voz que lo distraía de su nostálgica reflexión. La hermosa mujer de rojo que se había colado aquella misma mañana en la embajada se hallaba sentada junto a él en el banco. Al igual que un par de horas antes, volvió a hablarle con naturalidad, como si aparecer de la nada en medio de un jardín escondido o en el rellano de Downshire House frente al retrato de la reina Catalina fuese algo rutinario:

—Por las noches cuelgan lucecitas entre las ramas de ese laurel entrelazado y sirven un té helado que me devuelve la fe en la humanidad.

—¿De dónde ha salido? —preguntó Thiago mirando alrededor en busca de un pasadizo secreto, hasta que recordó que el de las novelas de misterio era Wilkie Collins y no su buen amigo Dickens.

La mujer sonrió y se encogió de hombros, pero no contestó.

—Así que trabaja aquí —la tanteó Thiago tras recuperarse a medias del susto. Como era una persona optimista, se consoló pensando en que tanto sobresalto entrenaba a su corazón para prevenir posibles infartos en el futuro.

—Por supuesto que no. Soy el espíritu del...

—Del Presente de la Navidad —la interrumpió Thiago—. Me lo ha dicho en la embajada.

—¿Ya sabe qué va a pedirme?

—Que deje de aparecerse así de la nada. Me sobresalta.

—Forma parte de mi naturaleza, no puedo evitarlo.

—¿Y no conoce a otros incautos a los que asustar?

—Tengo una lista larga.

—Pues tácheme y pase al siguiente.

—No puedo, primero debe decirme qué desea que le regale.

—¿Por qué?

—Porque es Navidad y porque soy el espíritu del Presente de la Navidad. Si prestase más atención cuando le hablo, no me obligaría a perseguirlo por medio Londres.

—No tengo tiempo para esto.

El espíritu encarnado miró alrededor y chascó la lengua en clara desaprobación.

—Dice que no tiene tiempo y me lo encuentro aquí, sentado en un banco, dando de comer a los pájaros y disfrutando del paisaje como un jubilado ocioso.

—Se equivoca.

—Esa manía suya de señalar los errores de los demás es por lo que nadie le regala nada en Navidad. Tienen demasiado miedo de acercársele y que les diga por qué sus presentes no son apropiados. Por no mencionar su ingratitud.

—¿Cómo lo sabe? —preguntó Thiago muy a su pesar—. Que nadie me regala nada —aclaró.

—Sé muchas cosas.

—Pero no lo que quiero para Navidad.

—No es tan sencillo con los adultos. Los niños suelen ser más sinceros porque sus cerebros todavía no cuestionan a sus corazones. Piden un coche de bomberos a Santa Claus porque de verdad lo desean. Su felicidad es auténtica cuando lo encuentran bajo el árbol.

»Los adultos no siempre saben de verdad lo que desean. Lo noto cada vez que desenvuelven sus regalos: esa diminuta punzada de decepción cuando retiran el papel de colores y se encuentran con que aquello que ven no es lo que esperaban. Un poco sí lo es, pero no del todo. Siempre les falta algo; el detalle inaprensible que completaría su felicidad. Como si no hubiesen nacido con ella de serie. Sus seres queridos se han esforzado en comprarles el regalo que han pedido, pero cuando por fin lo tienen entre las manos se dan cuenta de que, en el fondo, no era ese collar, o esos calcetines o esas entradas para el teatro, que quizá deberían haber pedido mejor. Sin embargo, no se les ocurre cómo.

—La gente no sabe lo que desea.

—Los seres humanos y su insatisfacción. —El espíritu suspiró—. Cuando nos han interrumpido en Downshire House —añadió recuperando el tono alegre tan característico de su discurso— pensé que estaba a punto de decirme que deseaba volver a casa por Navidad. Luego se ha percatado de que ya no le queda nada que pueda llamar hogar al que regresar.

Thiago le lanzó una mirada escrutadora. Aunque le daban alergia las repeticiones, quería preguntarle otra vez cómo era posible que lo supiera. Pero la mujer de rojo no había terminado de sorprenderlo con su capacidad para leer el pensamiento.

—También desea cumplir con su trabajo, con su responsabilidad, por lo que necesita recuperar un fragmento de hueso de velocirráptor. No soporta fracasar en lo que se había propuesto porque sería como fallarse a sí mismo. Se exige demasiado y se mide con una vara mucho más rígida que la que utiliza para medir a los demás. Si no se anda con ojo acabará volviéndose una persona soberbia que trata a los otros, pobres mortales, con total condescendencia. Esa búsqueda de la perfección lo aislará de los mejores abrazos, caóticos, inesperados y maravillosos.

Thiago irguió la postura, dispuesto a contradecirla porque una aparición con un vaporoso vestido de seda roja no tenía ningún sentido en su ordenada vida y, mucho menos, sentido común. Puso su mejor voz de diplomático cuando dijo:

—Puede que mi intervención en todo este asunto del fósil ayude a rebajar la tensión entre dos países.

—Entonces se cree un héroe —aventuró el espíritu con una sonrisa bailándole en los ojos.

Se aproximó a la fuente y pasó la yema de los dedos por los arbustos que la rodeaban; un roce suave que, como un aliento de primavera, fue dejando un reguero de preciosas flores rojas tras de sí. A Thiago le pareció estar soñando.

—Sí lo es —concluyó al fin volviéndose de nuevo hacia su interlocutor—, aunque no la clase de héroe que se imagina. No voy a decir que admire la dureza con la que se trata a sí mismo, pero tampoco voy a concederle el fósil como presente para que corra a almorzar con un puñado de sus homónimos —se apresuró a añadir cuando vio que Thiago estaba a punto de pedírselo—. No es lo que de verdad anhela su corazón. Por otro lado —dijo pensativa con el dedo índice sobre los labios carmesíes—, lo ha conmovido la soledad de un anciano en Nochebuena, pese a todos los regalos que descansan sobre la mesa de su comedor. No es la mesa del Titanic, claro, pero tampoco está vacía e impoluta como la suya.

Hacía un buen rato que la paciencia de Thiago se había hundido como el famoso transatlántico al chocar contra el iceberg: despacio e inexorablemente. Pretendía refugiarse en un elegante sarcasmo, pero sus palabras sonaron más airadas de lo que pretendía:

—Déjeme adivinar: el circo ha llegado a la ciudad y usted tiene un número de telepatía.

—No he terminado —lo riñó la mujer de mejillas rubicundas recuperando su asiento en el banco—. Si buceo un poquito en su subconsciente —siguió, al parecer ajena al enfado creciente de su interlocutor—, bajo esa apariencia de tipo sensato y algo estirado hay alguien que se pregunta qué pasa por la cabeza de cierta paleontóloga...

—Ahí se equivoca —se sobresaltó el embajador, que no esperaba un ataque por ese flanco—. No he pensado nada sobre la cabeza, ni sobre ninguna otra parte de Violet Redbreast. Acabo de conocerla y me resulta insufrible.

—Los petirrojos...

—Trinan durante todo el invierno —la interrumpió Thiago con el ceño fruncido, empecinado aún en no reconocer que apenas unos minutos antes había pensado en eso mismo.

—Cantan pese a la oscuridad y el frío —puntualizó el espíritu de rojo—. Violet le recuerda que no todo hiberna alrededor, a la espera de florecer en primavera, que por muy difíciles que se pongan las cosas todavía hay alguien que cree en los finales felices. Pese a lo desagradable que está siendo con ella, lo ayuda de buena gana y no ha perdido la sonrisa...

—Aunque sí el hueso de velocirráptor —masculló malhumorado el diplomático.

—... ni la iniciativa. Violet se siente responsable, que es más de lo que la mayoría de las personas de este planeta sienten ante su destrucción, o ante sus errores, o ante su comportamiento emocional o ante cualquier otra cosa, si vamos al caso. Y, por todos los dioses —le advirtió blandiendo ese amedrentador dedo índice suyo antes de que pudiese interrumpirla de nuevo—, ni se atreva a preguntarme cómo lo sé porque no tengo ni la mitad de la paciencia de esa chica.

—Ejercer de espíritu del Presente de la Navidad no debe de ser una tarea sencilla.

El embajador esperaba que se percatase del tono sarcástico de su observación, pero la mujer no se dio por aludida.

—Gracias. ¿Sabe qué me facilitaría mucho la vida?

—Que le dijese qué deseo como regalo de Navidad.

—Exacto. A menos —le concedió con una mirada escrutadora— que todavía no lo sepa.

Thiago sintió que aquellos ojos oscuros, que parecían contener una galaxia diminuta de puntitos brillantes en su interior, podían leer sus pensamientos como él leía cada mañana *The Times*. Le costaba aceptar que la mujer de rojo no fuese nada más que una actriz, o un reclamo publicitario de unos grandes almacenes o una alucinación de su mente cansada, porque la alternativa —todo eso del espíritu del Presente de la Navidad— le daba dolor de cabeza. Pragmático como siempre, prefería pedir hora con el psiquiatra que revisar sus creencias espirituales. Sabía que la imaginación podía resultar útil a un diplomático para encontrar soluciones ingeniosas en una peliaguda negociación, pero no estaba dispuesto a estirarla más allá para reconocer la existencia de seres fantásticos como Santa Claus, sus renos, sus duendecillos o sus espíritus dadivosos, por mucho que lo acosaran.

—No debería perseguirme —dijo cuando se sintió capaz de volver a levantar la vista y reencontrarse con aquellos ojos oscuros—. Si puede leer mi mente espere a que se me ocurra...

Thiago se interrumpió al darse cuenta de que ya no había nadie que lo escuchase en el intenso verdor del pequeño patio. No quedaba ni rastro del desquiciante espíritu del Presente de la Navidad, excepto las hermosas flores encarnadas que habían brotado en los arriates que ella había tocado, concediendo al jardín un aspecto mucho más navideño y alegre.

—¿También habla solo? —se extrañó Violet cuando le salió al encuentro desde la cafetería acompañada por el profesor Peddick.

El embajador se puso en pie casi de un salto, turbado por lo que el espíritu de las mejillas rubicundas le acababa de señalar sobre la bonita sonrisa de la paleontóloga. Se le pasó en cuanto se fijó en que Peddick, con la blanca cabeza cubierta por el fedora y un abrigo tres tallas más grande, no llevaba cartera alguna.

—No está aquí —reconoció Violet al adivinar a qué se debía su mirada sombría—. Pero la encontraremos.

—¿Es una broma?

—Nunca se me ocurriría bromear con alguien que no tiene sentido del humor.

—Tengo mucho sentido del humor, solo que no me parece gracioso que el MSS decida hacerme la vida imposible.

—¿Qué podría hacerle un Master Social Science? —preguntó intrigado el profesor Peddick confundiendo las siglas con la abreviatura británica para los graduados en Ciencias Sociales—. ¿Pegarle en la cabeza con sus tablas de probabilidades históricas sobre la Armada Invencible?

—El embajador es más de Eleanor Crosses —le aclaró Violet.

—Se equivoca, mi preferida es Catalina de Aragón.

—No se inquiete —insistió Peddick—, seguro que los de Ciencias Sociales también encuentran tablas de probabilidades históricas sobre ella.

—Y con MSS me refería al servicio de seguridad de la república china.

—¿Le apetece un té? —preguntó distraído el profesor mientras paseaba la mirada apreciativamente por el encantador patio.

Antes de que Thiago pudiese responderle, algo llamó su atención y se dirigió hacia los despeinados arbustos que el espíritu del Presente de la Navidad había sembrado de flores.

—¿Por qué me lo pregunta? —se quejó el embajador en voz baja a Violet—. Estamos buscando un fósil de velocirráptor, no la tetera que le robó a Howard Carter en el Valle de los Reyes en 1922.

—Tampoco hace falta que se ponga sarcástico, diantres. El profesor no es un saqueador de tumbas.

—Disculpe, ¿he dicho «que robó»? Quería decir «que se llevó accidentalmente».

—Peddick ni siquiera había nacido cuando Howard Carter descubrió la tumba de Tutankamón.

—Pues a mí me parece que tiene edad como para haber navegado de vuelta a Inglaterra con lord Elgin y todos sus mármoles.

—Es poco probable.

—¿Porque tampoco coinciden las fechas?

—Porque no es arqueólogo.

—Ah, miren, son dalias —los interrumpió el profesor, ajeno a la conversación y hundido hasta la cintura entre los arbustos—. Dalias rojas en diciembre. Extraño y maravilloso como un pequeño milagro de Navidad.

—Podría mostrarse un poco más generoso —reprochó Violet al embajador casi en susurros para que no la oyera su jefe.

—Será mejor que llame a la embajada china.

—¿Va a denunciar al profesor Peddick? —se alarmó la paleontóloga.

—No sea ridícula. Voy a decirles que se cancela la entrega del fó... de la cosa. Mire qué hora es. Aunque la recuperara en los próximos veinte minutos, algo que no va a ocurrir, no llegaría a tiempo para el almuerzo.

—Lo siento.

Quizá fue cómo lo dijo, con aquel susurro ronco, o por la pausa en su discusión antes de soltarlas, pero a Thiago le pareció que aquellas dos palabras rozaban sus labios como terciopelo y seda. De pronto, la vio de verdad, no como la paleontóloga de gafas redondas y un amplio conocimiento de exabruptos victorianos incapaz de abrocharse el cinturón de seguridad o de reconocer su propia cartera, aquejada por esa maldita manía de decirle que no se preocupase pese a que el fósil seguía desaparecido. Por primera vez, la vio fuerte y decidida bajo la mortecina luz menguante de aquel gélido día, con el verdor del patio oscureciéndole la mirada y las ondas sedosas de su cabello del color de la miel besándole los hombros. Violet Redbreast no solo era preciosa, optimista e incongruente como un petirrojo que cantaba en el corazón del invierno; también era un poco desquiciante, una pequeña madeja de caos de tonalidad esmeralda revoloteando por las calles londinenses.

Se había mostrado honesta y sincera, pese a que eso la volvía vulnerable a su malhumor y a su impaciencia. Allí de pie, frente a él, sosteniéndole la mirada mientras se disculpaba con honesta sencillez, le parecía la interlocutora más bella y extraña con la que se había topado a lo largo de su carrera diplomática. A Thiago Heide jamás se le habría ocurrido que mostrarse sin reservas ante los demás pudiese resultar tan aniquilador. El artificio de la política y la diplomacia, un invento tan humano, impedía dar rienda suelta a aquello que nos convertía en lo que éramos: la capacidad para conectar con los otros. Ese fue el momento justo en el que se rindió. Aceptó que aquella Nochebuena no recuperaría el fósil, y esa certeza le aligeró el peso del mundo sobre los hombros. Recordó las palabras recientes del espíritu del Presente de la Navidad y recitó mentalmente esa cita de Ovidio que tanto consuelo le había dado en sus años de estudiante: «Sed benevolentes, dioses, y aceptad que haya pecado por esta vez». A eso se había referido la dama de rojo cuando lo acusó de ser tan exigente consigo mismo.

Asintió con la cabeza, todavía impresionado por la entereza de la paleontóloga y aliviado por el acto de renuncia, y se retiró de vuelta al banco para llamar a la embajada china. Mientras esperaba teléfono en mano que lo pasaran con su homónimo asiático, observó distraído cómo Violet desenredaba a Peddick de la hiedra trepadora y los arbustos, recuperaba las gafas del profesor de entre las profundidades del macizo de dalias y lo dirigía con amabilidad hacia la salida a través de la cafetería. Antes de quedarse de nuevo a solas en el pequeño jardín, alcanzó a oír la voz cantarina de Redbreast ajena al frío invernal:

—¿Cuál es nuestra próxima parada, profesor?

—Prepárese para ver el árbol de Navidad más bonito de Londres.

Lincoln's Inn Fields, Holborn

No es extraño que Lincoln's Inn Fields albergue un respetable número de los fantasmas más siniestros de la ciudad, pues en el pasado fue escenario de sangrientas ejecuciones públicas. El más dramático puede que sea el del pobre lord William Russell, que todavía ronda cerca de la placa conmemorativa que señala el punto exacto en el que, en 1683, un verdugo chapucero lo separó de su cabeza con nada menos que media docena de hachazos (los cuatro primeros dolorosísimos, pero en absoluto mortales). La leyenda cuenta que al recibir el primer golpe de hacha en la sien lord Russell le gritó: «¡Maldito! ¿Te he sobornado con veinte guineas para que me trates de forma tan inhumana?». El político, que había sido acusado de complot contra la Corona, jamás confesó su culpabilidad y fue exonerado de traición durante el reinado de Guillermo III, cuestión que deja bastante indiferente a su furioso fantasma. Lo único que ofrece un poco de consuelo a ese atormentado espíritu, porque le parece de lo más jocoso, es que a menudo se lo confunda con lord John Russell —el abuelo victoriano del filósofo Bertrand Russell—, primer ministro *whig* que promovió el derecho al voto de las clases obreras, se declaró contrario a la guerra de Secesión de las colonias norteamericanas y tuvo el inmenso honor de que Charles Dickens le dedicase, en recuerdo de sus muchos servicios públicos y bondades privadas, su novela *Historia de dos ciudades*.

Doctor David Willoughby, The Crow,
Dislocación geográfica de los fantasmas de Londres

Cuando Violet descubrió su vocación de paleontóloga y su amor incondicional por los dinosaurios y Steve Brusatte, no todo fue sencillo. Elegir un camino siempre supone descartar muchos otros, y la senda que la había llevado hasta aquel verano en Konglongshan, donde todo cambió, tenía sus luces y sus sombras. Aceptar un trabajo de estudiante a media jornada en el departamento del Instituto de Ciencias de la Tierra del Museo de Historia Natural, volver a casa de sus padres y matricularse en Geología con casi treinta años le supuso renunciar a mucho tiempo libre, a casi todas sus amistades y a Harry. Aunque el gato de Cheshire la hubiese puesto en guardia sobre la importancia de escoger un camino que la llevase a donde quería, no la había avisado sobre lo solitaria que sería esa elección. Hasta mucho tiempo después no comprendió que perder a sus amigos y a su novio fue una consecuencia natural de la reordenación cósmica que sufría su vida. Sin embargo, entenderlo no supuso ningún consuelo a su soledad.

Había conocido a Harry en el Sainsbury's de Chinatown, donde los dos se turnaban entre las cajas y el almacén. Congeniaron enseguida y empezaron a salir. Harry era un joven amable y conformista al que no desanimaban ni los clientes maleducados ni los gerentes estúpidos. Le gustaba ir al cine, tomarse unas cervezas con los amigos y pasear con su chica por Hyde Park los domingos. Deseaba casarse y formar una familia. Llegado el momento de su cambio de rumbo, a Violet ni siquiera se le ocurrió consultarle sobre su impulso de enrolarse en la expedición del profesor Peddick o sobre cómo las ramificaciones de esa decisión obrarían en sus respectivas rutinas. Aunque lo quería, sabía que Harry nunca comprendería su aburrimiento laboral ni sus ganas de viajar más allá de la circunvalación de la M25.

Abrazó una tristeza profunda y verdadera cuando entendió que su nueva vida de estudiante, su elección de convertirse en paleontóloga, resultaba incompatible con los tempos vitales del bueno de Harry. Pero ni la ruptura ni la soledad fueron menos duras por muy inevitables que le parecieran. En el fondo, Violet también había creído que algún día se casaría y tendría hijos; cuando dejaron de salir, fue como si esa puerta que Harry siempre había mantenido abierta para ella se cerrase. Comprometida en cuerpo y alma con la paleontología y el museo, así como con encontrar las gafas del profesor Peddick, ni se le pasaba por la cabeza volver a salir con alguien más. Se repetía que carecía de tiempo o de interés para enamorarse, si bien lo que de verdad no le alcanzaba eran las ganas.

Caminando a buen paso del brazo de su mentor por Southampton Row, en dirección al Támesis, contempló la figura elegante y algo envarada de Thiago Heide y tuvo la sensación de que aquella decisión de viajar a China la había llevado justo hasta ese instante. Seguía sin atreverse a preguntar al embajador español si estaba casado —aunque se había fijado en que no llevaba anillo— o si tenía hijos. O si, al igual que ella, toda esa posibilidad se le había ido desdibujando en cada una de las decisiones que tomó con los años, se le había escurrido como la arena entre los dedos mientras su profesión se convertía en la pieza angular de quienes eran. Heide había concedido vacaciones de Navidad a su chófer y a casi todo el personal a su cargo, pero él seguía allí, recorriendo Londres sin más planes que encontrar una cartera equivocada y almorzar con desconocidos asiáticos. «Por tu culpa —apuntó su vocecita malvada—, eso último no va a suceder».

Momentos antes, cuando Thiago había salido del Museo de Charles Dickens y se les unió en la calle, Violet prefirió no preguntarle por su conversación telefónica con la embajada china porque se le notaba en la expresión sombría y la acentuada palidez de su cara que no había sido demasiado agradable. En cambio, le ofreció la posibilidad de retirarse y dejar en sus manos la recuperación del fósil.

—Le prometo que yo misma le llevaré la cosa a la embajada en cuanto la localice —le aseguró—. Ahora que ha anulado su cita, no tiene sentido que siga su peregrinación londinense con nosotros. Por muy español que sea, no pienso erigirle ninguna Eleanor Cross en cada una de las paradas de nuestra funesta comitiva. Márchese a casa.

Violet había notado que los labios del embajador Heide, que casi se habían distendido en un amago de sonrisa mientras escuchaba sus tonterías sobre la reina Leonor, se tornaron en un rictus de amargura cuando pronunció esa última frase. «Eres tonta, Violet —dijo con retintín su vocecilla malvada—. Si el embajador planeaba volver a su casa por Navidad, ¿qué te hace pensar que habría agendado un almuerzo con un puñado de chinos furiosos justo el 24 de diciembre?». Casi había empujado a su chófer para que se fuera de vacaciones, pero él seguía trabajando, y no parecía dispuesto a marcharse a ningún otro sitio que no fuese su despacho en Belgravia. Y, en caso de que la suerte lo acompañara, para cenar a solas con un fragmento de cráneo de velocirráptor en el bolsillo.

—Prefiero ir con usted y el profesor —dijo con firmeza y sin más explicaciones.

Sus palabras la aliviaron: por alguna extraña razón, la habría apenado que Thiago se marchase solo de vuelta a la embajada. En el pequeño jardín del museo, el diplomático la había mirado como si la viese por primera vez, como si las prisas y el malhumor se hubiesen despejado un momento y le hubieran permitido percibirla con claridad. A Violet le habría gustado estar de vuelta en el interior del Bentley envuelta en el aroma a limpio de su camisa, tan cerca de Thiago Heide como para besarlo mientras intentaba liberarla del cinturón de seguridad. Arropada por la perlada luz gris de aquella fría mañana, fracasó en el intento de quitarse esa escena de la cabeza. Llevaba algún tiempo preguntándose si besar al embajador sería mejor o peor que imaginarlo.

Se aproximaban al parque de Bloomsbury, enmarcado con gentileza por las *terraced houses* —las elegantes, pero poco aristocráticas, según el duque de Bedford, casas adosadas de principios del siglo xx—, cuando el profesor Peddick, ajeno al ceño del embajador y a la fantasía galopante de su asistente, empezó a contarles la historia del misterioso hombrecillo verde que habitaba en aquellos jardines:

—Se dice que la estatua hace referencia a unos versos de Virginia Woolf cuando residió por aquí cerca, algo así como «Mis raíces se adentran en las profundidades del mundo... Soy tan verde como un tejo a la sombra del seto».

—Bloomsbury Square Garden es uno de los parques más antiguos de Londres —aclaró Violet a Thiago. No conseguía sacarse de la cabeza que el diplomático hubiese dicho que no tenía tiempo para leer—. A finales del siglo xvii fue escenario de un duelo entre Edward «Beau» Wilson y el economista escocés John Law. Algunas personas creen que el fantasma de Wilson, de quien, por cierto, he visto retratos y no me parece nada *beau*, todavía ronda por el parque.

—No conozco a nadie que lo haya visto —intervino el profesor Peddick.

—¿Al fantasma?

—Al hombrecillo verde. Los arbustos han crecido tanto que se lo han tragado. Una vez, mi colega Clemens lo vio, pero iba muy borracho.

—¿Por dónde?

—Pues... iba borracho por todas partes.

—Sé quién fue John Law —intervino el embajador saliendo de su mutismo—. Prácticamente inventó el papel moneda. Lo condenaron por el asesinato de Wilson, pero se fugó de prisión, se marchó a Ámsterdam y acabó casi gobernando Francia en la época de Luis XV.

—¿Era embajador? —preguntó Violet con media sonrisa traviesa.

—Economista y una especie de ministro de Finanzas. Redbreast —añadió Thiago en ese tono tan característico que apenas contenía su impaciencia.

—¿Excelente señor?

—¿Dónde cree que puede estar la dichosa cartera?

—Vamos a la biblioteca del Real Colegio de Cirujanos de Inglaterra —contestó el profesor Peddick con aire ausente porque, probablemente, seguía pendiente de vislumbrar al hombrecillo verde de los jardines de Bloomsbury antes de dejarlos atrás—. Ayer, después de almorzar con mi colega el administrador del Museo de Charles Dickens, acudí a la biblioteca para entrevistarme con un joven paleobiólogo muy prometedor, Billie Holiday.

—Thomas Halliday, profesor —lo corrigió Violet, risueña.

—Me gustó mucho ese muchacho. Sostiene que la vida, pese a la lamentable existencia de los humanos, siempre encuentra el modo de perpetuarse.

—¿Qué es un paleobiólogo? —se interesó Thiago.

Inmersa en la conversación, Violet apenas se había percatado de lo agradable que resultaba aquel paseo. Aunque hiciera frío, la ausencia de viento le daba una sensación de calma, de que el mundo quedaba en suspenso, envuelto en la tenue gasa gris marengo de aquel mediodía. Faltaban al menos cuatro horas para el ocaso, pero las luces navideñas, como pequeñas luciérnagas doradas detenidas en las fachadas de Londres, enroscadas entre los árboles y las coronas de acebo y muérdago de las entradas, ya estaban encendidas. Se preguntó desde cuándo la ciudad se había convertido en el escenario de un cuento de Lucy Maud Montgomery.

—La paleobiología descifra la historia de la vida en nuestro planeta —explicó a Thiago sintiéndose un poquito fuera de lugar—. Busca el parentesco y los patrones evolutivos en los fósiles. Halliday dice que los seres humanos nos creemos algo intrínseco al mundo y olvidamos que solo somos una parte de lo que existe en este momento. Un momento que apenas es un suspiro en comparación con los doscientos noventa millones de años que duró la era paleozoica, por nombrar una etapa especialmente rica en el desarrollo de vida animal en la Tierra.

—Los seres humanos —asintió el embajador— solo llevamos unos diez mil años organizando civilizaciones y ya hemos extinguido a más de la mitad de las especies vegetales y animales que conviven con nosotros en este planeta. Los dinosaurios, dominantes durante unos doscientos millones de años, no extinguieron absolutamente a ninguna otra especie.

«Ahí tienes la podredumbre por debajo de todas tus preciosas lucecitas navideñas», dijo la vocecilla malvada de Violet. Contaminación, miseria, violencia y muerte, los cuatro jinetes que cabalgaban a sus anchas por el mundo en este siglo, especialmente visibles en las ciudades por espléndida que sea su historia, su arquitectura o el genio de sus literatos. Cuando el protagonista de *David Copperfield*, de Charles Dickens, ve Londres por primera vez, el narrador dice que «era la ciudad de la tierra donde ocurrían más prodigios y más maldades». Casi doscientos años después, su reflexión seguía pareciéndole bastante cierta.

Violet intentó hacer una señal a Thiago para que desviase la atención del profesor sobre cualquier otro asunto que no fuese la predominancia de los dinosaurios sobre la Tierra. Demasiado tarde. Espoleado por la idea de la importancia de esos seres en la cronología del planeta, Peddick se había embarcado en una apasionada conferencia sobre el tema preferido de cualquier paleontólogo decimonónico en su insano juicio.

—Fíjese en los terópodos, por ejemplo. En la familia de los saurisquios, orden de los carnívoros: los *Allosaurus*, el velocirráptor, las aves o los *Tyrannosaurus*...

Con la alegre disertación de fondo del profesor sobre la alimentación de los terribles terópodos, dejaron atrás Southampton Road y torcieron a la izquierda por Twyford Place. Violet habría preferido seguir un poco más, en dirección al río, y disfrutar de las vistas de Lincoln's Inn Fields, una de las plazas públicas más grandes de la ciudad, rodeada de varios edificios universitarios, organismos públicos, la mansión museo de sir John Soane (arquitecto del Banco de Inglaterra), las casas adosadas que inspiraron Grimmauld Place (hogar familiar de Sirius Black), o Lindsay House, las oficinas legales en las que Charles Dickens situó el despacho del siniestro mister Tulkinghorn en *Casa desolada*. Cada vez que pensaba en sus limitados recursos económicos y en su apretado horario, Violet agradecía la cantidad de museos científicos de Londres, que tanto la habían ayudado con sus trabajos universitarios. Aun así, resultaba imposible olvidar que Londres, por encima de todo —y por debajo también, con tal cantidad de túneles de metro y ferrocarriles subterráneos tan antiguos—, era una ciudad literaria.

Aquella tarde, Lincoln's Inn Fields no sería sino una plaza más tranquila que de costumbre, con sus museos, bibliotecas y colegios a punto de cerrar. Aunque ellos no se asomarían a comprobarlo. No sabía por qué la biblioteca y el archivo del Real Colegio de Cirujanos de Inglaterra se había desgajado del edificio principal y del Museo Hunterian, al sur de Lincoln's Inn Fields, trasladándose al límite norte de la plaza, pero prefirió no preguntar a Peddick; en parte, porque no quería interrumpir al profesor, que seguía hablando sobre las toneladas de carne en la dieta de supervivencia de un grupo de *Tyrannosaurus*, y, en parte, porque temía que la respuesta de su mentor los embarcara en otra larga disertación, esa vez sobre la procedencia de los esqueletos del Museo Hunterian —el anciano dudaba sobre los pertenecientes a los soldados caídos en Waterloo, pero no sobre la autenticidad del gigante irlandés— o sobre el fantasma de Joseph Lister. Aunque Thiago Heide ya no tuviese prisa por recuperar la cartera del profesor, prefería no seguir poniendo a prueba su paciencia. Sin embargo, no pudo evitar detenerse un momento para apreciar la esfera de decoración literaria que el Ayuntamiento había dejado a las puertas de la biblioteca del colegio: en su interior, distinguía a Sherlock Holmes y su doctor Watson, probablemente en homenaje a la profesión de sir Arthur Conan Doyle y a las referencias que el autor dedicó a la institución médica a través de algunos de sus personajes.

—Es una escena de *El sabueso de los Baskerville* —la sobresaltó con voz de marisabidilla la adolescente desgreñada que la había perseguido por los pasillos del Museo de Historia Natural para darle la vara sobre la oportunidad de redimirse en Navidad—. El personaje del doctor Mortimer es miembro del Real Colegio de Cirujanos.

En un acto instintivo que prefirió no analizar, Violet se volvió hacia Thiago Heide para pedirle ayuda con la aparición adolescente. Pero el embajador, diligente como de costumbre, había seguido de largo hacia la entrada de la biblioteca y no se percató. Resignada, lo vio entrar tras Peddick en el edificio, dejándola a solas con una bola gigante de metacrilato dedicada a un sabueso poco navideño y a una extraña joven de negro.

—Si crees que comprando en Fortnum's una bandeja de sándwiches de pepino se soluciona tu mal rollito con el karma vas lista, colega —le soltó la adolescente.

—Son los preferidos del profesor —se excusó descolocada Violet.

No es que pensara en redimirse cuando pidió que el Bentley se detuviese a las puertas de Fortnum & Mason, pero sí que sintió esa punzada de culpabilidad que, muy a su pesar, había desencadenado el discurso acusador del espíritu de las Oportunidades. Entró en los almacenes a comprar los sándwiches porque estaba pensando en William Peddick, en lo mucho que le debía y en lo agradecida que se sentía. Visto así, una bandeja de minibocadillos de pepino y queso crema parecía un poco pobre como reconocimiento de su relación docente, laboral y amistosa.

—Pero has sido sincera —dijo la adolescente como si le leyese el pensamiento— y eso es un principio.

—¿Cómo sabes...?

—Chist —la riñó la chica pálida—. No digas eso. En plan, es aburrido. Por primera vez en tu vida, tienes ocasión de tratar con un espíritu navideño y lo único que se te ocurre preguntarle es cómo sabe lo que sabe.

—¿Y qué quieres que te pregunte? ¿La previsión meteorológica? ¿Si hace frío en el más allá para llevarme una bufanda cuando me toque traspasar?

—No seas boba.

—Soy británica. Me gusta charlar sobre el tiempo.

—A ver, hermana, ¿quieres redimirte o no?

—Supongo.

La adolescente puso cara de asco ante su entusiasmo. Sonó un poco molesta cuando la azuzó:

—Pues aprovecha las pocas horas que quedan antes de Navidad para regalar una pizca de cariño verdadero a quienes hacen de tu mundo un lugar mejor. En plan, nada de grandes almacenes, solo buena voluntad y paz y eso.

—¿Y si paso?

—Tú verás.

—¿Qué clase de espíritu eres? ¿No deberías inspirarme con un pensamiento profundo sobre la importancia del karma y de hacer el bien a los demás? No me motivas nada.

La joven enlutada se encogió de hombros y una guedeja oscura y un poco grasienta le cayó sobre la cara tapándole un ojo.

—Si piensas que ninguna de las personas que te rodean merecen tu tiempo, poco más puedo añadir.

Se apartó el mechón de la cara, metió las manos en los bolsillos del largo y vaporoso vestido negro que colgaba de su huesuda constitución y le guiñó un ojo sin ninguna alegría. Por lo visto, sí que tenía algo más que añadir antes de desaparecer en el frío mediodía de Lincoln's Inn Fields:

—¿De verdad ya solo hay en tu cabeza dinosaurios y estratos geológicos? ¿Cómo era aquella frase que te gustaba tanto? En plan...

—Entre el hacer el mal o el bien, se nos olvida escoger ser felices.

La iglesia de San Anselmo y Santa Cecilia tocó las doce del mediodía. Violet se había quedado sola frente a la bola navideña de metacrilato que contenía la escena de *El sabueso de los Baskerville*. Pensó que no valía la pena sorprenderse por la súbita desaparición del espíritu de las Oportunidades porque, al fin y al cabo, lo sorprendente había sido aceptar su existencia. Ensimismada, dio media vuelta y entró en el discreto edificio —a diferencia del Real Colegio de Cirujanos— que albergaba la biblioteca y se detuvo un instante en su amplio y mal iluminado vestíbulo de suelos encerados. Michael, el viejo celador que reinaba en solitario tras el mostrador de recepción, se puso en pie al reconocerla y, con una amable sonrisa, la informó de que su mentor había ido en busca de la secretaria de la directora para preguntar por una cartera extraviada y por la posibilidad de un almuerzo.

—¿Y el excelente señor?

—¿Quién?

—Estirado, pelo canoso, traje gris de tres piezas... —lo describió Violet con cariño—. Habrá puesto cara de asesino en serie o de sufrido mártir —dudó— cuando el profesor Peddick ha mencionado la cartera, o la comida o cualquier otra cosa.

—El embajador español la está esperando...

—Justo aquí —sonó una voz conocida muy cerca de la nuca de Violet.

Biblioteca del Real Colegio de Cirujanos de Inglaterra, Lincoln's Inn Fields

Si alguna vez visitas el Museo Hunterian, en Lincoln's Inn Fields, y se te hace de noche no te detengas en la sala del esqueleto del gigante. Pertenece a un joven irlandés llamado Charles Byrne que vivió como fenómeno de feria y murió en 1783 suplicando a sus amigos que lanzasen sus restos al mar, hastiado por la exposición pública de su deformidad ósea. John Hunter (1728-1793), escocés, anatomista, cirujano y padre de la patología moderna —por este patriótico orden—, recibía a sus pacientes y colegas por la puerta principal de su palacete en Leicester Square, y por la trasera, en cuanto se ponía el sol, compraba cadáveres para las prácticas de sus alumnos universitarios (las malas lenguas aseguran que, casi un siglo después, inspiró *El extraño caso del doctor Jeckyll y el señor Hyde*, de Robert Louis Stevenson). John Hunter —a quien la divulgación científica y engrosar su gabinete de curiosidades le importaba más que los deseos de un muerto— pagó a los resurreccionistas para que robasen el cuerpo del difunto Byrne y lo llevaran a su laboratorio, donde lo hirvió durante veinticuatro horas para separar la carne de los huesos. En la actualidad, su museo sigue exponiendo parte de la colección Hunterian de órganos anómalos conservados en formol, cuadros de personas afectadas de las más extrañas dolencias y el esqueleto ensamblado de Charles Byrne, aquejado de gigantismo. El espíritu del joven irlandés, aunque de menor envergadura, alberga un odio y una ira tan desproporcionados que incluso los visitantes del museo sin percepción psíquica aseguran sentir que les falta el aire en la sala del gigante. Al caer la noche, cerca del esqueleto se percibe el olor del mar, el desgarrador graznido de las gaviotas, y una sensación creciente de asfixia a medida que el fantasma te llena los pulmones de agua salada reivindicando su última voluntad no cumplida. No pienso volver por allí ni aunque me doblen el sueldo.

DOCTOR DAVID WILLOUGHBY, The Crow,
Dislocación geográfica de los fantasmas de Londres

—Redbreast.

—¿Excelente señor?

—A lo largo de todos los años de mi carrera diplomática he adquirido la destreza suficiente para controlar mi expresión facial por muy recalcitrantes que sean mis interlocutores.

—Y lo hace usted muy bien.

Thiago escrutó su fingida cara de inocencia. Cuando la había visto por primera vez esa mañana —aunque empezaba a temerse si no habría transcurrido un año entero— lo había descolocado esa habilidad para expresarse de una forma que parecía significar justo lo contrario de lo que estaba diciendo en voz alta.

—Por lo que dudo mucho de que ponga cara de asesino o, todavía peor, de sufrido mártir —insistió.

—No sé en qué estaría pensando.

Tras sus gafas redondas, Thiago detectó un brillo travieso, como si la vida interior de Violet fuese un poco más malvada de lo que aparentaba su despreocupado semblante. De pronto, fue consciente de que para los estándares de cortesía británica llevaba demasiado tiempo observándola con cierta intensidad, por lo que se apresuró a desviar la mirada. Se fijó en la pantalla del televisor del celador, que retransmitía otra adaptación cinematográfica en blanco y negro de *Canción de Navidad*, de Charles Dickens.

—Es la versión de Ronald Neame, de 1970 —dijo Violet señalando la pantalla con un leve gesto de la cabeza—, con Albert Finney como mister Scrooge y Alec Guinness como Jacob Marley. Una de mis favoritas junto a *Los Teleñecos en Cuento de Navidad*, en la que la rana Gustavo interpretaba a Bob Cratchit y Michael Caine a Ebenezer Scrooge.

A Thiago le pareció que el cansancio del día lo alcanzaba. Probablemente, Violet ya pensaba sobre él que no era más que un tipo estresado, gruñón y aburrido, y ahora estaba a punto de añadir otro delito terrible a la pequeña lista de sus deméritos:

—Conozco la historia, por supuesto —dijo al fin—, y supongo que habré visto alguna de sus adaptaciones. Pero nunca he leído *Canción de Navidad*. ¿Qué? ¿Por qué me mira así? Cada uno comete los pecados de su elección para ir al infierno.

Violet dio un par de resoplidos, movió la cabeza con incredulidad, y sin molestarse en contestar se alejó del mostrador tras avisar a Michael de que esperarían al profesor en la biblioteca. Con una punzada de culpabilidad, Thiago reconoció que lo encandilaban —de nuevo, un pelín más de lo recomendable para su pobre corazoncito de diplomático aburrido— los reflejos del color de la miel del sedoso pelo de la paleontóloga, y se apresuró a seguirla dondequiera que fuese.

La sala principal de la biblioteca y el archivo del Real Colegio de Cirujanos de Inglaterra lo dejó sin palabras. Sus paredes se ocultaban tras pesadas estanterías de madera oscura distribuidas en dos pisos que, debido a un efecto óptico inexplicable, parecían albergar un sinfín de libros. El colorido de sus lomos, una amalgama de negros, verdes, azules y granates, quedaba difuminado en una suave penumbra porque la biblioteca se alumbraba mediante un único halo de alegre calidez: el de la fabulosa decoración reluciente de un enorme abeto natural.

El magnífico árbol dominaba el espacio frente a la chimenea de mármol blanco apagada —el único hueco de la estancia vacío de libros y legajos—, flanqueado por dos archivadores, también de madera, con decenas de cajoncitos que contenían las fichas ordenadas según el sistema de nomenclatura que la biblioteca todavía utilizaba, además de los registros informáticos. Una pequeña multitud de lucecitas cálidas —que bailaban alegres sobre los cristales de las gafas de Violet— se posaban en sus agujas como delicados copos de nieve entre lazos de terciopelo granate y bolas rojas de cristal opaco. Comparado con la altura de los techos y la amplitud de la sala, el maravilloso abeto no resultaba excesivo, pero era imposible abstraerse de su resplandor dorado. La estancia olía a resina de pino y a papel viejo, y se notaba caldeada por el sistema de calefacción. Siguiendo el ejemplo de Violet, el diplomático se desabrigó y se sentó en otra de las butacas alrededor de una mesita baja y redonda también atestada de libros.

—El profesor tenía razón —dijo Violet, presa del hechizo del abeto iluminado—, es el árbol de Navidad más bonito de Londres.

—Y lo tienen aquí escondido, como si les diese vergüenza enseñarlo demasiado.

Quien no parecía avergonzarse en absoluto de los leotardos con rayas horizontales grises y negras que sobresalían de su vestido corto de lana rosa palo, y que hasta entonces habían pasado desapercibidos bajo el largo de su abrigo, era la paleontóloga.

—La biblioteca es un lugar relevante —señaló Violet, ajena a la perplejidad de su interlocutor por su peculiar sentido de la moda.

—Claro, porque los cirujanos ingleses capaces de entender chascarrillos médicos en latín son multitud.

—No sea sarcástico. También hay libros contemporáneos.

—¿Contemporáneos al Acta de Anatomía de 1832?

—¿Adónde va?

—A buscar la dichosa cartera de Peddick. Puede que Santa Claus me la haya dejado bajo el árbol.

—No está aquí.

—¿Cómo lo sabe? Apenas soy capaz de verme la punta de los zapatos. Aunque no descarto que sea por la impresión que me han provocado sus medias. ¿Dónde está el interruptor de las luces? ¿O las lámparas de gas o lo que sea? Habrán oído hablar del invento de la electricidad.

Thiago estaba siendo antipático a propósito; un poco, porque todavía seguía molesto por la descripción que Violet había hecho sobre él al celador de la biblioteca y, otro poco, porque necesitaba recordarse que la paleontóloga no le gustaba en absoluto, ni siquiera bajo los ramilletes de muérdago que acababa de descubrir sobre su cabeza del color de la miel.

—¿Les apetece un té? —dijo el profesor Peddick entrando triunfal con una bandeja abarrotada, pero, para consternación del embajador, sin ninguna cartera.

Tal vez imbuido por el espíritu navideño de la generosidad, Thiago decidió conceder al anciano dos motivos de gratitud: que su interrupción lo había salvado de la tentación de hacer cualquier tontería llevado por el muérdago y las malditas luces del maldito abeto, y que lo que traía en la bandeja y llamaba «té» a esas horas constituía un fabuloso festín más que bienvenido. A petición de los gruñidos de su estómago, el diplomático volvió a tomar asiento junto a la mesa baja y se resignó a dar buena cuenta del almuerzo mirando el muérdago sobre la adorable cabecita de Violet nada más que de reojo.

Cuando había llamado a la embajada china para anular el encuentro y lo pasaron con el secretario al cargo, Thiago tuvo la sensación de que el hombre se tomaba con bastante calma la noticia de que todavía no podía devolverles el fósil de Konglongshan. Como si ya esperase que esa cita en Nochebuena no fuese más que otra maniobra de dilación, el secretario prescindió de comentarios y se limitó a agendar una nueva fecha a dos semanas vista, esa vez en suelo propio. Heide estuvo tentado de asegurarle que podría entregar el fragmento de hueso mañana mismo, sin más ceremonia, pero después pensó en el pudin de Navidad de su cocinera y en que lo único que le apetecería, con fósil o sin fósil, sería sentarse en la butaca más cómoda de Downshire House con una manta sobre las rodillas mientras lo saboreaba frente al televisor. Además, cuanto más intimaba con el par de paleontólogos chiflados, más menguaban sus esperanzas de recuperar pronto el fragmento de velocirráptor.

Anular la cita diplomática había contribuido a aliviar su estrés, y casi disfrutó del paseo por Bloomsbury junto a Redbreast. Pero seguían preocupándole las apariciones del espíritu del Presente de la Navidad y que no aceptase que su deseo navideño fuera encontrar el dichoso fósil para regresar a su apasionante vida política. Solo que empezaba a intuir que vida y política eran incompatibles y que, en todo caso, hacía mucho tiempo que ambas habían dejado de resultarle apasionantes. Al menos, el almuerzo improvisado en la biblioteca del Real Colegio de Cirujanos, bajo aquel árbol iluminado, tenía su encanto. Las quiches de queso y la *focaccia* de olivas, todavía calientes, le habían gustado, así como las galletas escocesas de mantequilla con las que acompañaron el té. Personalmente, habría rematado el ágape con un *espresso* en lugar de con la infusión, pero prefirió no comentar nada al respecto por si a Redbreast se le ocurría asociar la amargura del café a la de su temperamento o por si al profesor le daba por empezar a hablarle sobre los ornitisquios en italiano, con entusiasmo, pasión y la boca llena de dulces.

Llevaba el tiempo suficiente en Londres para entender que los ingleses nunca habían tenido el equivalente a una Revolución francesa que hubiese marcado su política de forma indeleble; lo suplían con un curioso sentido del humor. Por eso, atribuyó a su excentricidad cultural que Peddick regase el abeto con los restos de la tetera, aduciendo que se trataba de un ejemplar británico, y se armó de paciencia al darse cuenta de que esquivaba sus preguntas directas sobre dónde podría haberse dejado olvidada la dichosa cartera. Charlando como quien no quiere la cosa sobre las articulaciones de los *Triceratops* —que en su fuero interno seguro que consideraba los habitantes primigenios de la Commonwealth—, Peddick subió al segundo piso de la biblioteca para toquetear con sus dedos pringosos por las galletas de mantequilla cuantos libros encontró a su paso. Pese a la penumbra, a la perorata adormecedora y al disimulo, a Thiago no se le escapó lo que el profesor acababa de hacer.

—Redbreast —susurró para no llamar la atención del anciano.

—¿Excelente señor?

—¿Por qué su mentor acaba de meterse en el bolsillo un libro hecho polvo del segundo piso?

—¿Porque los del primer piso no son ni la mitad de interesantes? No me mire así, no tengo ni idea.

—Me está mintiendo.

—¿Cómo lo sabe?

—Deformación profesional. Y porque cuando se pone nerviosa se frota la nariz.

Violet lo miró con ese brillo travieso que tan familiar empezaba a resultarle. Cruzó las piernas para lucir en todo su esplendor sus leotardos brujeriles y movió en círculos su taza vacía como si se dispusiese a leer el poso del té. A regañadientes, le dio una pista sobre el robo bibliográfico de su jefe:

—Puede que sea uno de los volúmenes de la colección de zoología que sir George Shaw vendió de forma fraudulenta al Real Colegio de Cirujanos a principios del siglo XIX. Si se trata de uno de los libros de la colección Sloane, el profesor Peddick considera que sigue siendo propiedad del Museo de Historia Natural.

—No creo que Scotland Yard piense lo mismo.

—El Museo de Historia Natural no tuvo sede propia hasta 1881. Con anterioridad a esa fecha, sus colecciones se exponían en el Museo Británico y sus conservadores estaban un poco... eh, ¿trastornados?

—¿Por qué me lo pregunta? Su jefe es un cleptómano patrimonial en serie y usted intenta salir de los coches sin quitarse el cinturón de seguridad y exclama «Cáspita» o «Diantres» si algo la contraría. Por no hablar de que pertenecen a una nación que prefiere esconder su mejor árbol de Navidad en una oscura biblioteca por si a algún otro país se le ocurre acusarlos de presumir. Mire sino dónde tienen enterrado a Winston Churchill. Uno de los mayores estadistas de Occidente de todos los tiempos, y apenas si le han dedicado una lápida sencilla y medio hundida en el minúsculo cementerio de Bladon, dondequiera que eso esté.

Thiago prefirió callarse, porque le pareció que sería quejarse en exceso, que también tenían por costumbre enviar espíritus del Presente de la Navidad a hostigar a los diplomáticos extranjeros.

—No se enfade, solo quería avisarlo de que la gestión de las colecciones del museo antes del siglo XX fue poco común: zoólogos desesperados que optaban por destruir cualquier ejemplar que no eran capaces de clasificar según Linneo, geólogos que cambiaban los registros de sus rivales porque pensaban que los suyos eran mucho mejores, esposas de científicos que sacaban bandejas de especímenes al patio del Museo Británico en plena tormenta para ver cómo salían volando todas las etiquetas identificativas...

—Está bien —admitió Thiago al tiempo que volvía a pellizcarse el puente de la nariz—. Me hago una idea.

—¿Quiere un analgésico? —los interrumpió el profesor

Peddick, procedente del segundo piso de la biblioteca—. Deberíamos irnos. La encantadora secretaria de la directora Sarah Pink, además de procurarnos un tentempié tan delicioso, se ha asegurado de que no me dejé la cartera en su despacho cuando estuve ayer aquí charlando con el joven paleobiólogo. Así que nos queda un último lugar que visitar.

—¿Ha oído, excelente señor? —preguntó Violet, sonrojada por el entusiasmo y las dos tazas de té casi hirviendo que se había tomado—. Estamos a punto de recuperar la cosa.

A Thiago apenas le dio tiempo a lanzar un gruñido gutural como respuesta antes de percatarse de que el demonio de la prisa había poseído al anciano académico. Se enfundó el abrigo de una revolada, cogió el del profesor, olvidado en el respaldo de la butaca, y fue tras él a zancadas. Violet los alcanzó en el vestíbulo y, malinterpretando las intenciones del embajador, le dedicó una mirada de adorable gratitud cuando lo vio ayudando a su mentor a ponerse la prenda. Ajeno a sus cuitas, William Peddick ni siquiera se detuvo para abotonársela, como si estuviese acostumbrado a que los embajadores extranjeros lo persiguieran a la carrera con sus pertenencias. Sin aminorar el paso, deseó feliz Navidad a Michael, que había abandonado el mostrador de recepción para abrirle la puerta, y alegremente, sin remordimientos y sin mirar atrás, salió a la calle. Thiago no tuvo tanta suerte.

Su intención al socorrer al profesor con el abrigo había sido buena. Pero el camino al infierno está pavimentado de buenas intenciones y, como acababa de descubrir hacía muy poco, también por las almas de quienes nunca han leído *Canción de Navidad*. En un gesto totalmente fortuito e improvisado, sin que Peddick se diese cuenta, Thiago aprovechó su proximidad con el anciano mientras lo ayudaba a abrigarse para recuperar el libro que lo había visto sustraer del segundo piso de la biblioteca y deslizar en el bolsillo de su americana de tweed. En cuanto se aseguró de que Peddick abandonaba el edificio, de nuevo con la mejor de las intenciones, no se le ocurrió otra cosa que enarbolar el volumen encuadernado en rojo como una triunfante bandera blanca. Quería llamar la atención de Michael sobre el libro para que fuese restituido a su legítimo estante, por mucho que Violet se quejase de las irregularidades de la venta de la colección Sloan. Pero, de repente, la paleontóloga se le lanzó encima como un delantero escocés en el Torneo de las Seis Naciones. Un revuelo de faldones verde musgo, un lío de bufanda azul, y de pronto Thiago la tenía entre sus brazos como si estuviesen a punto de ponerse a bailar un tango.

—Redbreast, refrene sus impulsos —bufó por la sorpresa y porque el ataque de la paleontóloga acababa de dejarlo sin aliento.

—¿Se ha llevado un libro de la biblioteca? —siseó Violet mientras se revolvía en un intento infructuoso por recuperar una posición menos comprometida y algo más vertical.

—Lo habría hecho mucho antes de saber que esta sería su reacción. Quédese quieta.

—Estese quieto usted, intento esconder el libro antes de que sea demasiado tarde. Está llamando la atención. Michael nos mira.

—No me extraña, baila extremadamente mal.

—Me está pisando la bufanda y se me ha enganchado un mechón de la melena en su reloj.

—Tiene usted una tendencia preocupante a quedarse enredada con todo tipo de cosas.

—Chist. Deje de intentar besarme otra vez y esconda el libro. Si Michael lo ve...

—¿Otra vez? —se extrañó el embajador obviando la parte, mucho menos interesante, del libro y del celador—. Si hubiese intentado besarla antes, créame que lo recordaría.

Inmersos en las más lamentables negociaciones sobre esconder o mostrar el libro, enredados en un caótico abrazo, se habían ido desplazando a trompicones en dirección al celador. En cuanto el embajador español se acercó a los arcos de detención de la entrada, una alarma estridente de holocausto nuclear resonó a todo volumen en el vestíbulo desierto. Michael, que contemplaba con perplejidad lo que muy probablemente parecía el peor vals de la historia de aquel insigne edificio, todavía sujetaba la puerta abierta, tal vez con la esperanza de que se largaran a bailar a otro sitio y lo dejasen ver su película navideña en paz. Con el sobresalto de la alarma, el celador se apresuró a cerrar la puerta y se acercó cauteloso a Heide.

—Señor, ¿podría vaciar sus bolsillos? —dijo con la calma que habría utilizado para dirigirse a un animal potencialmente peligroso que se hubiese colado en su biblioteca.

Thiago le mostró enseguida el libro, tan viejo que parecía a punto de desintegrarse en un montón de polvo.

—Me sorprende que se hayan molestado en alarmar los volúmenes, pero no en restaurarlos —observó al tiempo que lo ofrecía al guardia.

—¿Se ha llevado un libro de la biblioteca? —preguntó el celador, todavía más incrédulo que enfadado.

—¿Qué? ¡No! Lo acabo de recuperar del bolsillo de William Peddick.

—¿Le ha robado al profesor? —El enfado de Michael iba en aumento—. Vacíese los bolsillos —repitió, y esa vez prescindió del «señor».

—No es necesario. Solo quiero devolver esto a la biblioteca.

—Debería darle vergüenza, excelente señor —lo riñó la paleontóloga con la risa bailándole en el verde de los ojos—. Y yo que pensaba que se preocupaba por que el profesor no saliese a la intemperie sin abrigo.

—Redbreast, créame, Peddick no tiene nada que temer de los elementos. Si tuviese que apostar sobre quién corre más peligro ahí fuera diría que es el resto del mundo. Oiga

—dijo dirigiéndose al guardia—, solo quiero devolver esta reliquia.

—Eso mismo le dijo a la embajada china —canturreó Violet.

—Redbreast, eso ha sido cruel.

—¿Tan cruel como robar a un anciano académico?

—Espero que se le escapen todos los dálmatas —le deseó con seriedad—. Está siendo injusta.

—Y usted muy cabezota. Ya le he explicado lo de la colección Sloan, córcholis.

—¿Puede vaciarse los bolsillos? No volveré a repetirlo, no me obligue a llamar a la policía.

—Redbreast, ¿adónde va? Vuelva aquí ahora mismo y sáqueme de este embrollo.

—Disculpe, no quiero verme envuelta en un conflicto internacional.

—¿Siempre es así de malvada o solo practica por Navidad?

—Con usted, me sale natural.

—Tampoco sabe distinguir su cartera de la de otros, así que no me sorprende.

—Michael, llame a la policía.

—Michael, ni se le ocurra.

El guardia, que asistía al veloz intercambio dialéctico como en un partido de tenis, pareció cansarse de la situación, cerró la boca y arrebató el libro de un tirón a Thiago antes de decirle entre dientes:

—Le agradecería que se marchase, señor. Y absténgase de volver jamás —añadió con énfasis en la última palabra.

Ni se inmutó cuando Thiago le deseó feliz Navidad y salió a toda prisa tras los pasos de los paleontólogos.

Thiago tenía la idea aproximada de que el barrio del Temple, el verdadero corazón de la City, lo componían un desmadejado hilo de callecitas sinsentido en algún lugar entre la calle Fleet y el curso del Támesis que discurría entre los puentes de Waterloo y Blackfriars. Como sucedía desde la época victoriana, su acceso quedaba disimulado tras las puertas de los edificios históricos que constituían los diferentes tribunales de Justicia, Abogacía, Procuradores y otras mazmorras de las Common Law en las que se dirimían las sutiles diligencias de *barristers*, *solicitors* y un montón de excéntricas leyes británicas. Sin embargo, la puerta que traspasaron precedidos por el seguro liderazgo del profesor Peddick fue la de un extraño edificio de la época Tudor en la calle Fleet que, pese al crepúsculo, seguía tan reluciente por la decoración navideña de los escaparates comerciales que costaba imaginarla como la calle en la que Sweeny Todd tuvo una vez su terrorífica barbería. Al embajador le sorprendió que un hombre que perdía las gafas un promedio de tres veces al día se condujera con tanta seguridad a través de aquel complicado trazado urbano fuera del tiempo y del sentido común.

Las campanas de la iglesia del Temple tocaron las cuatro de la tarde en la luz decreciente del ocaso. Thiago podía oler la humedad del río cercano, mezclada con el clavo y la canela de un puesto ambulante de vino especiado y galletas de jengibre. Violet caminaba silenciosa cogida del brazo de su mentor, todavía molesta con el diplomático por el episodio a lo Robin Hood que se había marcado en el vestíbulo de la biblioteca. El embajador era capaz de sentir su enfado como una punzada de remordimiento, incluso a través del frío aire que los mantenía a distancia. Sus pasos resonaban en el gélido anochecer de diciembre como si se acompasaran al solemne pulso navideño de la ciudad.

Le vino a la mente lo que había insinuado el espíritu del Presente de la Navidad sobre sus deseos y, por primera vez en aquellos días, se preguntó si habría aceptado el cometido de devolver el fósil de velocirráptor para conseguir que la primera ministra británica le debiese un favor, porque estaba aburrido o porque le daba miedo quedarse solo y desocupado en Navidad. Cabía pensar que su impulso de restituir el libro a su lugar en la biblioteca del Real Colegio de Cirujanos fuese consecuencia de la frustración que le causaba toda aquella gincana por las calles de Londres en busca de la cartera del profesor. O quizá, como había señalado Violet, se había convertido en un tipo rígido y sin rastro alguno de sentido del humor.

Ajeno a la tirantez entre sus acompañantes, William Peddick trotó con alegría hasta el final de una calle que podría haber sido cualquier otra, torció a la izquierda y les señaló con un ademán jubiloso el único comercio que todavía quedaba abierto en el barrio: una librería de marquesinas azules con un gran rótulo sobre su puerta en el que se leía en letras blancas: MOONLIGHT BOOKS. Entusiasmado, el azote de los patrimonios culturales ajenos empujó con decisión el pomo en forma de pluma de la puerta de la librería y entró precedido por el lúgubre repique de unas campanillas.

Desalentado, Thiago se detuvo a contemplar la decoración navideña del escaparate; un montón de ediciones diferentes de *Canción de Navidad*, de Charles Dickens: de bolsillo como la naranja de Penguin Classics, en tapa dura, con sobrecubierta o sin ella, ilustradas, muy antiguas, recientes, adaptaciones infantiles, en verso, en prosa, con cantos pintados, en braille,...

—Redbreast —la llamó con suavidad antes de que se le escapase tras Peddick al interior de la librería.

La paleontóloga no le contestó «¿Excelente señor?» con su acostumbrado sonsonete socarrón, pero se paró y se volvió para mirarlo con ese adorable ceño fruncido y las manos en los bolsillos del larguísimo abrigo verde musgo. Thiago quería decirle algo, lo que fuera, que la mantuviese a su lado, que la hiciese sentirse a gusto en su compañía. Deseaba verla una vez más desquiciantemente despreocupada y mordaz, como se había mostrado durante toda la mañana. Pero no sabía cómo. Improvisando, señaló el escaparate y se lanzó sin red.

—¿Por qué cree que el libro de Dickens es tan popular? Me refiero a que todas las obras de Charles Dickens son famosas, pero esta... Qué extraño que un cuento victoriano de fantasmas protagonizado por un tacaño sin corazón siga fascinando a tanta gente en un siglo en el que, gracias a las redes sociales, los miserables sin escrúpulos triunfan en lugar de recibir la visita de tres espíritus y de su socio muerto.

Violet pareció interesarse en la cuestión. Se quedaron el uno junto al otro mirando el escaparate, tan cerca que Thiago podría haberle rozado la mano con solo mover la suya unos centímetros a la derecha. A su pesar, reconoció que le habría gustado bailar un poquito más con ella, en esa ocasión sin la interrupción de un celador bibliotecario demasiado suspicaz.

—Creo que con este libro, Dickens inmortalizó todo lo que significa la Navidad —dijo al fin la paleontóloga.

—Pensaba que eso lo había conseguido *Qué bello es vivir*. No se enfade —se apresuró a añadir—. Le estoy tomando el pelo.

Por el rabillo del ojo la había visto mover la cabeza en señal de disgusto. Debía de considerarlo un caso perdido. Por eso lo sorprendió que se molestase en contestar de otra forma a la pregunta que le había lanzado.

—Es por la oportunidad de redención. Scrooge es una mala persona, pero se le concede una segunda oportunidad. Los tres espíritus...

—Y el fantasma de Jacob Marley —añadió Thiago porque era así de puntilloso.

—... lo ayudan a comprender que no está siendo generoso con las buenas personas de su vida. Dejan en manos de Scrooge la posibilidad de cambiar, le muestran el poder que incluso el más pequeño de sus gestos posee para ayudar a otros.

Thiago sopesó sus palabras, pero entonces pensó en sus encuentros de aquel día con el espíritu del Presente de la Navidad.

—No creo que sea una historia de redención —la contradijo—, sino de esperanza.

Cuando la paleontóloga se volvió hacia él sintió que algo, que esperaba que no fuese la quiche que se había zampado en la biblioteca, tironeaba de su estómago. A duras penas contuvo el deseo de besar aquel adorable ceño fruncido.

—Vaya —exclamó con una media sonrisa la paleontóloga, ajena a las dificultades con el protocolo social que sufría su interlocutor—, no está mal para alguien que no ha leído nunca *Canción de Navidad*.

—No es algo personal, es que no me gustan los libros de ficción. Pienso que nunca cuentan nada interesante.

—Lo que debería servirle de entrenamiento para charlar con los británicos.

Thiago soltó una carcajada. Hacía mucho tiempo que no se reía con ganas y le pareció que su risa sonaba un poco cascada.

—La gente cree que ser embajador es una sucesión de cenas de gala para las que me visto muy elegante, seduzco a mis homónimos suecos y frustro conspiraciones internacionales como si fuese James Bond. Pero lo cierto es que paso gran parte de mi jornada laboral leyendo informes tan aburridos que nadie en su sano juicio les echaría siquiera un vistazo si no llevasen un tentador sello de confidencial o padeciesen de insomnio. Acabo tan harto de leer que en mi tiempo libre prefiero pasear, escuchar música...

—O ejercer de policía moral con el pobre profesor Peddick —añadió Violet.

—Estoy intentando explicarle, con mucha torpeza, por qué no suelo leer ficción.

—Excepto por lo de los suecos, creo que lo entiendo —reconoció ella al cabo de un instante—. Aunque no me pida que empatice con usted: yo leo mucho, tanto por trabajo como por cuestiones académicas, pero eso no me quita las ganas de devorar una buena novela cada semana. ¿De verdad piensa —preguntó mirándolo con sospecha— que la Navidad se resume en *Qué bello es vivir*?

Thiago negó con la cabeza.

—Siempre he preferido *De ilusión también se vive*.

—No todo está perdido —suspiró Violet, la sonrisa asomándole de nuevo a los ojos.

—Siento haber sido tan insoportable con usted.

—¿Se está disculpando? Con un analgésico no será suficiente, será mejor que llame a una ambulancia.

—Admiro sus progresos para ingresar en los Monty Phyton...

Violet realizó una reverencia.

—... pero estaba hablando en serio. Hay una palabra en mi idioma para quienes han perdido el norte.

—¿Así es como se siente?

—Desnortado.

—Tal vez eso explique por qué a menudo parece que no haya experimentado la alegría desde el siglo xx.

Moonlight Books, Temple

Si el barrio del Temple es el corazón de la City, el Palacio Real y Fortaleza de Su Majestad, más conocido como la Torre de Londres, es su roca inexpugnable. Tras la doble muralla almenada de Tower Hill, una aldea de fortines, plazas, bastiones, capillas, mazmorras y salones medievales mantienen la leyenda de sus muchos fantasmas. Algunos de los más famosos son: el de Ana Bolena, que se aparece con su cabeza bajo el brazo al pie de la torre de la Campana; el de Thomas Cromwell, que se deja ver refunfuñando cerca de la puerta de los Traidores; y la compañía de rosacruces que monta guardia frente a la Jewel House, en la torre Waterloo, donde se guardan las joyas de la Corona británica. Pero mis espíritus preferidos de la Torre de Londres no son humanos. Cuenta la leyenda que el rey Arturo jamás murió, sino que Merlín le enseñó a convertirse en cuervo y lanzó la profecía de su regreso. Por este motivo, los monarcas ingleses solo reinan sobre el sur del país y son regentes del norte de Inglaterra, en ausencia y a la espera del retorno del rey verdadero. Eso explica la prohibición histórica de matar a los cuervos y el refrán que dice que el día en el que esas aves abandonen la Torre de Londres será el fin de Inglaterra. Terriblemente prácticos, los ingleses han recortado parte de las alas a los cuervos que habitan en lo alto de la torre para que no se alejen. En contrapartida a tanta maldad, son cuidados y alimentados por el *ravenmaster* y reciben homenaje en un memorial por los caídos, en lo más encumbrado de dicha construcción.

Doctor David Willoughby, The Crow,
Dislocación geográfica de los fantasmas de Londres

El señor Livingstone estaba convencido de que a Dante se le había olvidado añadir un décimo círculo al Infierno; en concreto, uno destinado a quienes entraban en su librería a punto de finalizar el horario comercial vespertino de un 24 de diciembre. Para mayor regocijo de los dioses, la fecha caía en jueves, el día de los acontecimientos inesperados, y Roberta Twist todavía no había pasado a recoger a su hijo Oliver. Edward Livingstone seguía enamorado de su profesión, pero hasta los libreros más seguros de sí mismos, incluso los reconocidos debidamente con un premio Scrooge, tenían un límite. Y el suyo se acercaba a toda velocidad en la persona de un desconocido cliente de barba oscura y gafas de pasta.

—No encuentro *El mundo perdido* —se quejaba como una plañidera que hubiese practicado poco.

—Si reflexiona sobre el título entenderá por qué.

—Ya he buscado en la sección de filosofía y no está allí.

El señor Livingstone, que no recordaba haber tenido jamás semejante sección en Moonlight Books, respiró profundamente y contó hasta tres muy despacio antes de preguntarle:

—¿Prefiere el de sir Arthur Conan Doyle o el de Michael Crichton?

—*El mundo perdido* —repitió el hombre de la barba espaciando las sílabas, con toda probabilidad convencido de que se dirigía a un idiota.

Por experiencia, Edward Livingstone sabía que ser librero a menudo se parecía sospechosamente a ejercer de detective.

—¿Para quién es el libro?

—Es un regalo para mi hermano. Es abogado.

—Aquí tiene entonces *Crimen y castigo*, de Fiódor Dostoyevski. Su hermano se sentirá como en la oficina. ¿Ve a aquella diosa rubia de allí? —La señaló mientras le cobraba el ejemplar lo más rápido posible para no darle tiempo a réplica alguna—. Ella se lo envolverá para regalo. Muchas gracias por su compra. Feliz solsticio.

Edward cerró la caja con un furioso tintineo y se apresuró a huir escalera arriba. No llegó muy lejos; un niño sentado con un libro de astronomía entre las manos, una mirada de reproche para el librero y un golden retriever tendido a sus pies ocupaba la mitad de su querida escalera de caracol.

—Le habría gustado mucho más cualquiera de los dos mundos perdidos.

—¿Por qué no bajas aquí y despachas tú mismo a los clientes, sabelotodo?

—Porque solo tengo diez años.

—Y ni una pizca de sentido común. ¿Cuándo viene tu madre a recogerte?

Oliver se encogió de hombros y se apresuró a enterrar la nariz en el libro de astronomía antes de que el señor Livingstone añadiese a su larga lista de agravios otro motivo por el que no debería quedarse en la librería durante las vacaciones de Navidad.

Sioban Clark, editora de Symbelmyne Books, envolvía para regalo inmensos libros ilustrados sobre uno de los mostradores de madera de la librería, con tanta gracia que parecía haberse dedicado a eso en los veinte últimos años. Se había tomado un par de semanas de vacaciones en la editorial, aunque por mucho que insistía en dedicar su tiempo libre a quedar con las amigas, helarse en Hyde Park o tomarse una taza de chocolate mientras leía por puro placer, cada vez que salía de casa sus pasos siempre la conducían misteriosamente hacia la puerta azul de Moonlight Books. El señor Livingstone había intentado persuadirla de que no precisaba ayuda, pero ambos sabían que no era cierto. Edward necesitaba contratar más personal en la tienda, a pesar de que le resultara desagradable volver a empezar con las engorrosas entrevistas. Su anterior empleada, Agnes Martí, se había marchado al Museo Ashmolean para hacer realidad sus sueños de ser curadora arqueológica, y el librero la echaba tanto de menos que, cada vez que pensaba en contratar a otra persona, sentía que era una vil traición a la eficiente muchacha que una tarde de lluvia se descalzó por primera vez sobre los suelos prodigiosos de Moonlight Books. Por las mañanas se apañaba bastante bien solo y, algunas tardes, su contable, Percival Donohue, le echaba una mano con el inventario y las comandas. De todas formas, con ayuda o sin ella, la maldición de las compras de última hora de Nochebuena habría caído con todo su peso sobre el señor Livingstone tal como sucedía cada diciembre.

Aquel jueves, Edward había albergado la esperanza de librarse de algunos mirones apagando la calefacción para que la librería dejase de ser un refugio agradable en un día tan frío. Pero la multitud desesperada —y todos debían de estarlo mucho si pensaban que regalar libros a personas que no leían jamás era una idea brillante— no se había dado por aludida. Al poco, el escritor residente había empezado a tiritar bajo la lamparilla azul y a distraerse con su propio vaho en forma de nubecillas blancas mientras se le formaba escarcha en el café. Protestó con tan bien fingido patetismo que Sioban acabó por descubrir la treta, regañó a su marido y volvió a conectar el termostato. Oliver Twist, acurrucado junto a su inseparable perro Liv, no se había dado por aludido durante todo el incidente polar. Aunque al señor Livingstone no se le escapó que el niño se dejase puestos los guantes y la bufanda, y que se le hubiese acentuado ese aire de abandono tan característico de su homónimo dickensiano.

—Cariño, no la tomes con Oliver —le advirtió Sioban desde su puesto junto a los rollos de papel navideño.

El librero se fijó en que envolvía para regalo las obras completas de Schopenhauer. Distraído, se preguntaba a qué clase de cretino se le habría ocurrido regalar algo tan deprimente por Navidad, cuando reparó en el estudiante de melena triste, ojos de gacela y abrigo raído que esperaba a que Sioban terminase de atenderlo. Con el genio que lo caracterizaba, Edward cogió al vuelo *Las penas del joven Werther* de la estantería de su derecha, se plantó en un par de zancadas junto a su esposa, le arrebató los tomos a medio envolver y los sustituyó por el libro de Goethe.

—Puestos a deprimirnos en Navidad —gruñó al estudiante—, hagamos que los románticos se sientan orgullosos.

Acostumbrada a las pasiones libreras de su marido, Sioban mostró a su joven cliente el título del libro, por si tenía algo que objetar al cambiazo, y procedió a envolverlo en cuanto el estudiante se encogió de hombros, se sorbió la nariz de forma ruidosa y le indicó con un lánguido movimiento de la mano que siguiese adelante.

—Esto es inaudito —se quejó el señor Livingstone a su esposa en un aparte—. Todos los excéntricos de Londres han venido a mi establecimiento —añadió al tiempo que, ignorando al joven, señalaba con un amplio gesto al conjunto de clientes y mirones que se movían despacio entre las mesas de las novedades y las estanterías— porque se les ha ocurrido regalar libros por Navidad.

—Barbaridad que jamás se te pasaría por la cabeza —replicó Sioban con sutileza— porque tú siempre eres comedido y nada excéntrico.

—«El curso del verdadero amor nunca fue tranquilo».

—¿*Noche de Reyes*?

—Noche infernal, más bien. No querida —resopló Edward ante la mirada de reproche de la editora más bella del planeta—, es de *Sueño de una noche de verano*.

Sioban entregó al estudiante su Goethe envuelto en alegre papel de regalo con renos de nariz colorada y, antes de pasar al siguiente cliente de la fila, cogió del brazo a su marido, lo llevó tras una de las estanterías cercanas y lo besó con ternura.

—¿Sabes cuándo empiezas a preocuparme? —le preguntó.

—¿Cuando me dejas sin respiración?

La hermosa editora soltó un risueño resoplido.

—Sé que las cosas se han puesto feas de verdad cuando citas «la obra escocesa». Y, que yo sepa, eso todavía no ha sucedido, de momento. Así que deja de andar de un lado para otro fingiéndote un personaje atormentado de sir Walter Scott y alégrate de que mañana sea festivo.

—Preferiría no hacerlo —contestó el librero al estilo de Bartleby.

—Edward David Livingstone, eres un hombre afortunado. Además, Percival está echando una mano.

—¿Dónde?

—En el piso de arriba, perseguido por un cliente que le

ha pedido una edición completa de *Las metamorfosis* de Ovidio.

—¿Qué quiere decir «completa»?

—Que también incluya la de Kafka.

—Siento que estés aquí.

—¿En lugar de dónde, amor mío?

—Disculpe —los interrumpió una anciana con bastón—, ¿qué precio tiene este precioso libro? ¿Podrían envolvérmelo para regalo?

—Señora —le sonrió Sioban con amabilidad antes de que Edward soltase alguna impertinencia—, me temo que se trata del catálogo de Penguin y no está a la venta, es propiedad de Moonlight Books.

—Entonces ¿por qué lo han puesto en la mesa de las novedades?

—La maldad del dueño de esta librería no conoce límites —susurró el señor Livingstone a la anciana como si se tratase de un secreto—. Si yo fuese usted, no volvería jamás. Y me aseguraría de informar al resto de los incautos que pululan por aquí de que hagan lo mismo.

—«No hay mundo sin los muros de Moonlight Books —citó Sioban a Shakespeare cambiando Verona por el nombre de la librería—, sino el purgatorio, la tortura y el mismo infierno».

—Cásate conmigo, Sioban Clark —le suplicó el librero.

—Señor, vuelva a trabajar y deje de hacer propuestas a una dama desposada.

Aunque las travesuras de su marido a menudo le resultaban hilarantes, la editora fingió una gran seriedad mientras se llevaba a la anciana a la sección de libros ilustrados para cambiarle el catálogo de las novedades editoriales de Penguin por algún libro de Beatrix Potter. Con el corazón algo más ligero, el señor Livingstone regresó a su puesto tras la máquina registradora y dedicó una mirada de reproche a la primera persona de la fila que aguardaba su vuelta.

—¿Usted también, señora Dresden? —preguntó llevándose una mano al pecho como si acabase de ser apuñalado durante los idus de marzo.

—Es culpa del día del juicio final —se disculpó la mujer.

Se trataba de una dama bajita de pelo violeta, piel sonrosada y cierta tendencia a aparecer por Moonlight Books en zapatillas de estar por casa.

—Espero que sea pronto —masculló Edward.

—Me refiero a los Historiadores de Oxford.

—No sé, a mí me caen peor los de Cambridge.

—Señor Livingstone —se impacientó la señora Dresden—, le estoy hablando de la saga de Connie Willis. He leído *El libro del día del Juicio Final* y necesito el resto de las novelas de la saga Historiadores de Oxford para superar la Navidad.

—Y viene esta tarde porque cree que es muy probable que la librería desaparezca bajo la lluvia de fuego del Armagedón antes del próximo lunes.

—No. Es por mi suegra. Está a punto de llegar a casa

para pasar estas fiestas con nosotros y necesito algo que me salve de la profunda desesperación que siempre me producen sus visitas.

El señor Livingstone miró a la querida señora Dresden con respeto renovado antes de dejarla para ir en busca de los ejemplares solicitados. Volvió enseguida con los tres libros.

—Recuerde el orden: *Por no mencionar al perro*, *El apagón* y *Cese de alerta* —enumeró mientras ponía cada uno de los volúmenes en una bolsa de papel del mismo tono azul que las marquesinas exteriores de Moonlight Books.

—Perro, apagón, alerta —repitió la señora Dresden para memorizarlo—. Feliz Navidad, señor Livingstone. Perro, apagón, alerta —siguió murmurando de camino hacia la salida.

—Señor Livingstone —lo llamó Oliver Twist desde las alturas de la escalera de caracol. Agarrado a los barrotes oscuros de la barandilla, parecía una versión diminuta y alegre de un inquilino forzoso de Marshalsea—. ¿Sabe si los tulipanes son venenosos para los perros?

—No estoy seguro, pero en todo caso no debería preocuparte hasta la próxima primavera. No hay tulipanes en diciembre.

—No los había —puntualizó Oliver señalando por encima de su hombro— hasta que las señoras los hicieron brotar y Liv se puso como loco.

—Las flores no…

Bajo el tragaluz de cristal en forma piramidal que coronaba los techos de vigas de madera de la librería, una mujer morena vestida de rojo y una muchacha menuda de negro charlaban tranquilamente rodeadas de tulipanes colorados. El señor Livingstone suspiró resignado: ahí tenía el acontecimiento inesperado del jueves. Llamó a Percival para que lo relevara en la tarea de cobrar a los clientes y subió la escalera de caracol para reunirse con Twist y las inesperadas visitantes.

—Oliver, te presento al espíritu del Presente de la Navidad y al espíritu de las Oportunidades Navideñas. Espíritus, este es Oliver Twist, y no parece preocupado porque haya leído a Samuel Johnson, sino porque su perro acaba de zamparse algunos de los tulipanes que tan lamentablemente habéis hecho... eh... brotar en los contenedores para marcapáginas de mi librería.

—Hola —saludó la adolescente enlutada de dudosa higiene capilar—. Colega, Oliver Twist, en plan Dickens y todo eso.

—No seas gruñón, Edward —intervino la mujer de rojo—. Solo contribuíamos con un toque festivo. Encantada de conocerte, Oliver —dijo con una sonrisa que habría derrumbado las altas murallas de Troya—. No te preocupes por tu perro, mis flores no son venenosas.

—Espero que no hayáis venido por Twist...

—Oliver y tú tenéis todo lo que deseáis —negó la interpelada.

—No recuerdo haber deseado nunca ver la librería llena hasta arriba de desconocidos botarates desesperados por las compras navideñas de última hora.

—Mira —dijo el espíritu de las Oportunidades señalando con un escuálido, largo y blanquecino dedo.

El señor Livingstone siguió la dirección del desagradable índice paliducho y se encontró con que su viejo amigo el paleontólogo William Peddick se había desplomado sobre uno de los sillones de tonalidad ciruela del rincón de los románticos. El librero consultó su reloj de bolsillo y guiñó un ojo a los espíritus.

—Justo a tiempo para el último té de los jueves.

—Tampoco estamos aquí por el profesor —aclaró la adolescente—, sino por aquellos dos.

Al otro lado del escaparate, Edward descubrió a una pareja que parecía absorta en una apasionada conversación mientras evitaban mirarse el uno al otro. La joven del largo abrigo del color del musgo fresco, gafas de montura redonda y sonrisa bonita parecía una treintañera pizpireta con pintas de lectora de novelas de fantasía y con cierta preferencia por que los dragones no terminasen muertos. El hombre, de pelo canoso y traje gris a medida bajo un abrigo del mismo color, parecía preguntarse qué demonios había salido tan mal como para haberse plantado en el corazón del barrio del Temple esa tarde tan fría de Nochebuena.

—Pero ya hemos terminado —dijo alegre el espíritu del Presente de la Navidad.

Su compañera no parecía compartir el entusiasmo por el trabajo finiquitado.

—Tengo mis dudas —observó con desgana—. En plan, no sé si la mía ha pillado lo de las personas importantes de su vida y eso.

—¿No ha comprendido que hay personas para las que siempre debería tener tiempo?

—Más o menos —murmuró el espíritu de las Oportunidades Navideñas esquivando la mirada escrutadora de su compañera.

El señor Livingstone, que conocía aquel juego de deseos y redención porque le había tocado participar en él unos años atrás, intervino con un brillo risueño en la mirada.

—Dejadme adivinar: el verdadero deseo del hombre del traje gris es jubilarse. Y la mujer guapa de verde ha prometido que a partir de ahora donará algo de calderilla a los músicos del metro. Ah, y releer *El dragón de Su Majestad*, de Naomi Novik, y *Vencer al dragón*, de Barbara Hambly. Porque siempre ha pensado que a los músicos o se les paga o se les aplaude, y que los dragones merecen el mismo respeto que cualquier otra especie en peligro de extinción.

—Ni te has acercado, Edward —soltó con serenidad el espíritu de rojo.

—Un poco en lo de los dragones. Es paleontóloga —aclaró la adolescente.

—Entonces, muy capaz de desear algo que acabe por incendiar mi librería.

—Quizá debería entrevistarme, en plan, una última vez con la chica y eso. Solo para quedarme tranquila de que la colega lo ha pillado. En plan —repitió el espíritu de negro por si acaso no les había quedado claro el abuso de expresiones raruna y su desprecio por las construcciones gramaticales en la lengua del bardo.

—Será mejor —convino su compañera.

El señor Livingstone simuló enfurruñarse antes de observar:

—Si ya habéis terminado vuestra importante labor de esta noche, ¿qué hacéis aquí arriba? Parecéis versiones más jóvenes de Statler y Waldorf en el palco del teatro.

—¿Quiénes son esos? —preguntó Oliver, que aunque se había retirado con su libro y su perro al rincón de los libros de astronomía, seguía medio atento el intercambio de despropósitos entre los tres adultos.

—Los abuelos gruñones de los Teleñecos.

El espíritu del Presente de la Navidad contempló risueña al niño sentado en el suelo con las piernecillas cruzadas bajo el tragaluz de la librería junto a su perro y con un tratado sobre el universo más grande que su cabeza, antes de volverse hacia el señor Livingstone:

—Hemos pasado a desearte feliz Navidad. Y a preguntarte si…

—Por supuesto —la interrumpió el librero—. Dad por hecho que invitaré a William Peddick a cenar esta noche con nosotros. Sioban y los Lockwood estarán más que encantados de incluirlo en nuestra mesa.

Cuando el espíritu del Presente de la Navidad sonrió, sus

rotundas mejillas descubrieron un par de jubilosos hoyuelos.

—Siempre has sido mi librero favorito.

—Paparruchas.

El señor Livingstone contempló desde las alturas del segundo piso su librería llena de lunáticos, murmuró una maldición y se dispuso a bajar la escalera como si fuese un gladiador a punto de entrar en la arena.

—«Un hombre solo puede morir una vez» —se recitó a sí mismo mientras dejaba a su espalda a un niño y a un perro felices, a dos espíritus navideños y un montón de tulipanes rojos donde deberían estar los marcapáginas de regalo.

Se abrió paso entre la afluencia de clientes chiflados hasta el rincón de los románticos y se dejó caer en el otro sillón de color ciruela, frente a su viejo amigo.

—Edward. —William Peddick le sonrió mientras se tanteaba los bolsillos de la americana de tweed, probablemente en busca de sus gafas—. Me pregunto si ayer, cuando pasé por aquí, me dejé olvidada la cartera de mi ayudante. La confundí con la mía y luego la perdí durante mis visitas de la tarde del miércoles.

—Ayer no estuviste aquí.

—Ah, ¿no? ¿Seguro?

—Bastante. —El señor Livingstone se quedó mirando al anciano con atención y de pronto comprendió a qué venía esa expresión de gato que acababa de comerse al canario mientras nadie miraba—. William, si quieres quedarte a la hora del té, tendré que ponerte dos condiciones: la primera es que aceptes venir a cenar esta noche con Sioban y conmigo a casa de los Lockwood...

—Hecho.

—... y la segunda es que me expliques ahora mismo por qué tienes a esa pareja tan peculiar de ahí fuera pasando frío por las calles del Temple en busca de una cartera cuyo paradero conoces perfectamente.

El profesor Peddick renunció a seguir buscando sus gafas, soltó una carcajada triunfal y guiñó un ojo a su amigo.

—Antes que nada —dijo levantando un dedo admonitorio—, reclamo mi derecho como inglés, y sin condiciones, a tomar una taza de té.

—No pienso moverme de aquí hasta que no me cuentes cómo empezó toda esta historia.

—Se me ocurrió que ya iba siendo hora de que mi ayudante levantase la nariz de los libros, se sacudiese el polvo de los yacimientos y se divirtiese un poco.

—Esos dos no tienen pinta de estar divirtiéndose —lo contradijo el señor Livingstone al tiempo que señalaba con la cabeza hacia la calle.

—Todavía no se han dado cuenta de lo felices que los hace haberse conocido.

—No creas, el tipo de gris parece bastante satisfecho consigo mismo.

—No me líes, Edward. Me refiero a conocerse el uno al otro, no a sí mismos.

—¿Has orquestado todo este disparate como una cita a ciegas? —El señor Livingstone simuló sentirse muy escandalizado por tremenda tropelía—. ¿No se te ha ocurrido que los demás tuviesen asuntos más urgentes que atender en Nochebuena que una caza del tesoro amañada?

—Nada hay más importante que el romanticismo.

—Dijo el viejo solterón...

—Edward, no seas tan duro conmigo. Debes entenderlo como un regalo de Navidad. Al principio, lo de la cartera extraviada era cierto. Violet estuvo en mi casa para recoger una... cosa y se confundió, llevándose la mía. Así que el resto del día fui de un lado para otro con la cartera intercambiada, pero regresé por la noche sin ninguna cartera en absoluto. Esta mañana hemos reconstruido mis pasos en su busca. Yo estaba tan en ascuas como cualquiera... hasta que recordé dónde la había dejado.

—¿Y cuándo fue eso?

—Más o menos, a la altura de los jardines de Bloomsbury. Cuando pensé en Clemens y en lo mucho que se emborrachó en las vacaciones de Pascua.

—Lo que no explica por qué él no pierde su odiosa cabeza en lugar de la cartera. Pero a ti nunca te he visto beber nada más fuerte que un té muy cargado.

—Exacto. Pensé en lo mucho que me apetecía un buen té, como el que me había tomado la tarde anterior en la cafetería del Museo de Historia Natural. Y se hizo la luz: justo allí me había dejado la cartera de mi ayudante. Para entonces, sin embargo, ese par ya había empezado a echarse miraditas tiernas mientras discutían sin descanso. Y consideré que era una descortesía interrumpirlos.

El profesor Peddick se encogió de hombros. Se había quitado el fedora, que descansaba sobre el brazo del sillón, y su cabello blanco parecía dispararse en todas direcciones por encima de su cabeza. No había encontrado las gafas, pero sí la pipa, y jugueteaba nervioso con la cazoleta a la espera de que su amigo lo disculpara de su travesura con un gesto de comprensiva complicidad. El señor Livingstone sintió un pellizco de inquietud: el mundo sería un lugar mucho menos interesante el día que William Peddick decidiese abandonarlo.

—Qué mal se te da hacer de Cupido —gruñó el librero mientras se ponía en pie—. Voy a por ese té. Aunque no creo que te lo merezcas más que cuando has entrado en mi librería.

—¿Dónde está tu espíritu navideño, viejo amigo?

—Probablemente, convirtiendo mi escaparte en un campo de amapolas.

El dragón limítrofe de la City en Victoria Embankment, orilla del Támesis

En 1900, Thomas James Cobden-Sanderson, encuadernador, y Emery Walker, tipógrafo e impresor, fundaron la imprenta Dove Press en Hammersmith, junto al río Támesis. Juntos diseñaron y crearon las quinientas mil piezas que constituyeron una de las tipografías más hermosas de la historia: la fuente Doves. Cuando en 1906 los socios se enemistaron y rompieron su sociedad, llegaron al acuerdo de que Cobden-Sanderson seguiría imprimiendo con los tipos Doves a condición de que, a su muerte, pasaran a ser propiedad de Emery Walker y sus herederos. El encuadernador, obsesionado con ser el único en imprimir los libros más bellos, juró que eso jamás sucedería. Entre 1917 y 1920, amparado por la oscuridad de la noche y desde el puente de Hammersmith, Cobden-Sanderson lanzó al río los tipos Doves, de modo que se perdieran para siempre. Murió en 1922, y la lectura de los últimos años de su diario no resulta demasiado reconfortante (este adjetivo es un eufemismo inglés para referirse a cuestiones tan diversas como una epidemia de peste negra, un té aguado o el habitual olor corporal en el transporte público londinense). Las cenizas de Cobden-Sanderson, que cuatro años después se mezclarían con las de su esposa, fueron encajadas en el muro del jardín de su casa que colindaba con el río. En 1928 el Támesis se desbordó a la altura de Hammersmith, llevándoselas para que se unieran en el lodo fluvial a su querida fuente tipográfica y su enajenado fantasma la custodiara hasta el fin de los tiempos.

DOCTOR DAVID WILLOUGHBY, The Crow,
Dislocación geográfica de los fantasmas de Londres

El último repique de las campanas de la iglesia del Temple anunciaba las cinco y media de la tarde de esa Nochebuena cuando Violet, presa de un súbito ramalazo de enfado, salió de Moonlight Books con su largo abrigo ondeando tras de sí. Se había tomado muy a mal que el profesor Peddick reconociese, sin inmutarse, la certeza de haberse dejado la cartera en la cafetería del Museo de Historia Natural. Lo había sabido durante todo aquel tiempo. Lo había sabido y había dejado que su asistente quedase como una completa idiota delante del embajador español. «Por no hablar del estúpido retraso que ha ocasionado en la devolución de un fósil que el Gobierno chino lleva años solicitando», añadió, como siempre oportuna, su malvada vocecilla interior. Se imaginó a la primera ministra de Reino Unido firmando la orden de deportación del profesor a las antiguas colonias en Oceanía por provocar un serio conflicto intercontinental, y no pudo menos de sentirse muy solidaria con ella. Intentó consolarse con la idea de que quizá el señor Livingstone, ese librero taciturno de ojos azules que se había mostrado tan comprensivo hacía unos minutos, tuviese el magnánimo gesto de servir a Peddick un pudin con cianuro de postre.

—Hermana, no te ralles. No merece la pena.

Ahí estaba de nuevo la adolescente de negro con ínfulas de espíritu Inoportuno de la Navidad. Violet miró con anhelo hacia el interior de la librería, una mancha aterciopelada de luz en el corazón del Temple, con sus suelos de tarima flotante, su hermosa escalera de caracol y todas esas personas agobiadas moviéndose entre miles de libros bajo un increíble tragaluz piramidal. Se prometió volver en primavera, durante una mañana de abril, con el cielo celeste de tan despejado y Londres ajeno al frío y a la oscuridad. Se dirigiría al rincón de los sillones de color ciruela y se sentaría a leer el nuevo ensayo de Steve Brusatte, porque seguro que el señor Livingstone —con sus pintas de librero competente— lo tendría en la mesa de las novedades, bajo la vitrina que contenía el diario original de su tatarabuelo. Los paleontólogos también eran exploradores y cartografiaban el pasado.

—¿Hola? —El espíritu de negro agitó una mano huesuda y pálida frente a Violet para llamar su atención—. ¿Todavía puedes verme?

—Por desgracia.

La adolescente puso los ojos en blanco. «Seguro que no se lo han dicho nunca», apuntó la vocecilla malvada de Violet.

—Sé que el profesor Peddick es despistado y excéntrico —resumió a la lamentable aparición— y que a menudo se le va tanto la pinza que me cuesta seguir sus razonamientos. Pero esta faceta suya de *Gru, mi villano favorito*...

—Te preocupas por algo que no tiene importancia.

—Eso díselo a Thiago Heide. Se ha quedado de una pieza cuando mi jefe y mentor ha confesado. Yo creía conocer a Peddick mejor que nadie. Ni siquiera sabía que frecuentaba esta librería o que un descendiente de David Livingstone se encontrase entre sus amistades.

—No vayas por ahí, colega. En plan, regresa a tus pensamientos de esta mañana, cuando estabas en el Bentley de camino a Holborn.

Violet recapacitó para volver a ese instante, pero no le pareció nada destacable.

—Pensaba en lo mucho que molaba el coche, en lo bonita que estaba la ciudad con todas esas guirnaldas de muérdago y acebo, con las lucecitas, en el rojo y el verde de las lazadas, en lo bien que olía Thiago Heide...

—No te detuviste en Fortnum's por lo bonita que era su decoración —apuntó el espíritu adolescente.

—Un poco sí —la contradijo. Luego, reconoció—: Imaginé que el profesor estaría muy solo esta Navidad porque no tiene familia y decidí comprarle sus sándwiches preferidos. Pero eso fue antes de saber que tenía amigos como el señor Livingstone y su esposa, que lo han invitado a cenar esta noche. No me da ninguna pena.

—Fue después de mi primera visita. Te señalé lo que de verdad es importante.

—Me dijiste que hacía unos regalos pésimos.

—Eso también. En plan, ¿unos servilleteros para tus hermanos?

—Ellos no me regalan nada.

—Las cosas no son importantes —dijo el espíritu en un insufrible tono de marisabidilla que a Violet le recordó un poco a su vocecita malvada—, las personas sí. Además, esto no va de reciprocidad, hermana, sino de generosidad. Tu madre te regaló un tiesto de rosal pitiminí cuando aprobaste el último año de licenciatura. No era caro ni ostentoso, pero lo compró porque recordaba lo mucho que te gustaban de pequeña esas florecillas, cuando te llevaba a comer helado y te detenías en las floristerías pijas de Covent Garden.

Había una magia evocadora en la voz del espíritu adolescente, un conjuro que activó el recuerdo de Violet y le anegó los ojos en lágrimas. Porque era cierto. El presupuesto familiar no alcanzaba para salir de vacaciones en verano, pero en cuanto apuntaba la primavera su madre la llevaba a Covent Garden en su única tarde libre de la semana. Pasaban más tiempo mirando escaparates que comiendo helado. Era ese momento compartido lo que le dejaba mejor sabor que el pistacho, la vainilla o la fresa.

—Lo he entendido —suspiró en la fría oscuridad de las vacías calles del Temple.

—¿El qué, querida? —preguntó William Peddick con las

manos en los bolsillos de su americana de tweed y el pelo blanco erizado porque se había olvidado el sombrero dentro de la librería.

Violet miró alrededor; ni rastro de la figura oscura y delgada que llevaba dándole la lata buena parte del día. Se limpió con disimulo las lágrimas y miró de reojo al profesor.

—¿Por qué no se ha puesto el abrigo? Se resfriará.

Al parecer, estaba en su naturaleza seguir preocupándose por la salud de su mentor. Por mucho que la fastidiase, el anciano no había hecho más que comportarse acorde con su carácter; nada de lo sucedido ese día se salía de lo habitual en lo que se refería a él. Iba lista si a esas alturas albergaba esperanza alguna de cambiarlo. Su abuela solía recordarle que si quería un gato debía adoptar un gato, puesto que no tenía ningún sentido adoptar un perro y engañarse a sí misma pensando que podría enseñarlo a maullar.

—Qué día tan extraño —añadió en una sublime demostración de inteligencia.

—No tanto como el día en el que la conocí. Parecía tan agobiada en aquel pasillo, esperando a que la entrevistasen, con su corto currículum en la mano y la inseguridad acechándola por encima del hombro.

Entonces cayó en la cuenta de que el profesor la había entendido; comprendió que, aunque a menudo no lo pareciese, la escuchaba y se preocupaba por sus opiniones y sentimientos. Peddick reparó en lo mucho que la había enfadado su confesión sobre el paradero de la cartera perdida. Y le importaba. El profesor, que daba la impresión de pasar por la vida absorto en su propio mundo, ignorando un presente que consideraba extinto y carente de interés, había salido para pedirle disculpas... a su extraña manera.

—En realidad, he salido para decirle que he vuelto a perder las gafas —le aclaró el anciano porque había adquirido la habilidad de leerle la mente.

De forma automática, Violet sacó una funda marrón de uno de sus bolsillos y se la tendió a su mentor.

—Gracias, querida. Aunque también he venido a buscarla porque me ha parecido que necesitaba que alguien le recordase que todo, incluso la confusión entre dos carteras idénticas, ocurre por algún motivo. Como el día en el que nos conocimos —insistió Peddick.

—Quería ir a Konglongshan. Jamás lo habría conseguido sin usted.

—¿Qué le dije en aquella ocasión?

—Me dijo que siempre era la hora del té.

—¿Considera que todo salió bien después de eso?

—Pues sí. —Violet se sorprendió al reconocer que era cierto.

—Querida, los principios son misteriosos; damos el primer paso a ciegas y cruzamos los dedos para que el camino que iniciamos sea el correcto. Pero muy pocas personas poseen la capacidad de ver más allá de la primera bifurcación.

—No sé qué intenta decirme, profesor.

—Que confíe en mí como hizo años atrás, en la cafetería del Museo de Historia Natural. No le fue tan mal.

—Me cambió para siempre, de un montón de maneras y todas fabulosas.

«Excepto porque, según el espíritu Inoportuno, ya no tengo tiempo para las personas importantes de mi vida», apuntó su vocecilla malvada.

—Pues tal vez vaya siendo hora de volver allí, por si el destino le tiene reservada alguna otra sorpresa y usted anda demasiado distraída ocupándose de mí y de todos los saurópodos grandes y pequeños para darse cuenta.

—Si quería que regresase al museo podría habérmelo pedido esta mañana, en su casa.

—Violet —los interrumpió Thiago Heide perseguido por el tintineo lúgubre de las campanillas de la puerta de Moonlight Books al salir—, he llamado un taxi. Profesor...

—Ah, joven, los dejo aquí —dijo estrechándole la mano—. Le deseo toda la suerte con los astronautas checos.

—Los embajadores chinos.

—Sí, con ellos también. Feliz Navidad, queridos. —Y entró en la librería dejándolos a solas.

Fuera del charco de cálida luz que proyectaba el escaparate dickensiano de la librería del señor Livingstone, todo era fría oscuridad.

Violet andaba un tanto desorientada hasta que divisó los jardines del Temple y encaminó sus pasos con mayor seguridad en dirección al río. Thiago le había dicho que Sioban Clark, la simpática editora que echaba una mano en Moonlight Books envolviendo libros para regalo, le había indicado que emplazase al conductor del taxi para que los recogiera frente a los jardines de Victoria Embankment, a la altura del HMS Wellington, el buque de la Segunda Guerra Mundial rehabilitado como museo. Un silencio pesado e incómodo se había instalado entre los dos desde que William Peddick se despidió sin disculparse siquiera. «Aunque la primera que debería disculparse eres tú —terció la vocecilla malvada de la futura doctora Redbreast— porque fuiste quien empezó este embrollo, al confundir tu cartera con la del profesor». Solo que Violet no sabía por dónde empezar a disculparse. Siendo generosa, pese al aspecto serio y comedido del embajador español, suponía que esa había sido una de las Nochebuenas menos divertidas de Thiago. No obstante, mirando de reojo el perfil sereno y la actitud segura del diplomático, resultaba difícil adivinar con certeza hasta qué punto seguía disgustado.

Violet se decidió a romper el silencio:

—Me imagino que en estos momentos debe de echar de menos su Bentley.

—Estoy acostumbrado al frío. Y me gusta asomarme al Támesis siempre que puedo. Me transmite calma. Llevaba un año y medio en Londres y volvía a la embajada de una espantosa reunión en Westminster cuando me fijé de verdad en el reflejo plateado de su cauce amplio y tranquilo. Pedí a

Álvaro que me acercase a la orilla. Me pareció que el agua fluía ajena a las peores sombras de esta ciudad.

Thiago calló de forma abrupta, como si de repente se hubiese sincerado demasiado para lo que le estaba permitido a un diplomático.

—Redbreast.

Violet iba a echar de menos cómo pronunciaba su apellido.

—¿Excelente señor?

—Deje de fruncir el ceño.

Doblaron la esquina sur de los jardines y enfilaron el Embankment en dirección este, dejando a su derecha uno de los catorce dragones que marcaban los límites de la City de Londres, el corazón de la economía británica que durante buena parte del siglo XIX fue el alma financiera del mundo entero. No por casualidad, Charles Dickens había situado dentro de la City, en la calle Lyme, las oficinas de Scrooge. El dragón de Victoria Embankment era uno de los dos originales que en su día custodiaban la entrada del imponente edificio de la Bolsa del Carbón diseñado por el arquitecto J. B. Bunning e inaugurado por el príncipe Alberto en 1849. Pese a la oposición de los conservadores británicos, se demolió en la década de los sesenta del siglo XX debido a los graves daños sufridos durante el Blitz. Pero su pareja de guardianes draconianos había sobrevivido y, restaurados, se convirtieron en modelos para esculpir las otras doce estatuas que marcaban los límites del distrito financiero londinense.

El dragón de Victoria Embankment, sobre un pedestal de piedra clara, se erguía rampante con la pata izquierda sosteniendo el escudo de armas de la City —con los motivos propios de san Jorge y san Pablo, los patrones de Inglaterra y de Londres, respectivamente— y la derecha mostrando la impresionante garra. Esa víspera de Navidad, la estatua plateada con detalles pintados en rojo, como la lengua o el borde de las temibles alas, parecía más magnífica que de costumbre bajo el dramatismo sombrío del juego de luces de la orilla del Támesis.

Thiago se detuvo al amparo de la figura protectora y terrible del dragón. La ciudad guardaba todo el silencio que le era posible a una gran metrópoli una noche de diciembre, como si se esforzase en contener el aliento para no espantar el canto vespertino de los petirrojos y los mirlos. El embajador enlazó el brazo de Violet con el suyo antes de continuar en dirección a los jardines de Victoria Embankment, instándola a acompasarse a su zancada tranquila y firme. Se imaginó ella que justo así sería el latido de su corazón bajo todas aquellas capas grises de impecable ropa.

—La mayoría de quienes no han nacido en Londres desconocen que el Támesis es un río de mareas. Una durante el día y otra crepuscular. Fíjese, Redbreast, casi cuatro metros y medio de diferencia entre la subida y la bajada. Todo empieza y termina en el norte del río, en Teddington, aunque no se nota demasiado por culpa de las esclusas. Es aquí, en el centro de la ciudad y el estuario, donde las aguas corren con ímpetu. Fluyen hacia el mar y remontan, a un ritmo de seis horas de subida y seis y media de bajada.

Su voz, en la penumbra de aquella noche sin luna, cautivó a la paleontóloga, que se dejó llevar como un guijarro entre las corrientes cambiantes del río. Pensó en lo extraño que debía de ser residir tanto tiempo en una población ajena, más vinculada a una carrera profesional que a una vida privada, desprovista de recuerdos infantiles y familiares.

—Si me preguntase cuál es mi lugar preferido de esta maldita ciudad, le diría que justo este, justo ahora: a orillas del Támesis durante la marea cambiante y nocturna. Los patos duermen, las gaviotas y los cormoranes no volverán hasta el amanecer y, no me mienta, he visto cómo escuchaba atenta a los petirrojos.

—Mi abuela afirma que son las almas de nuestros muertos. Siempre hay que devolverles el saludo, nunca se sabe quién te está mirando.

De repente, el embajador se detuvo y la atrajo con suavidad hacia él sosteniéndola por el codo, con la mirada clavada en la suya, a punto de decirle algo más, algo con la capacidad de alterar las mareas. Violet notó sus dedos fríos sobre la frente cuando él la rozó para apartarle un mechón rebelde. Sintió que la noche entera quedaba suspendida de su codo, del punto exacto por donde seguía unida a aquel diplomático extranjero, y que su mirada había llegado a puerto seguro en la de ese hombre. Fatídicamente, nunca supo qué le habría dicho Thiago porque, en ese instante, un bocinazo rompió el hechizo y un taxista les preguntó a voces si eran los señores Heide, los insensatos que habían pedido un servicio de transporte pasadas las cinco de la tarde de una Nochebuena.

El taxi, un Black Cab de techo alto, el típico Austin FX4 que a Violet siempre le recordaba el famoso coche descapotable de la detective literaria Thursday Next, voló por el Embankment y cruzó Westminster por Victoria, aprovechando que las grandes vías principales empezaban a vaciarse de tráfico. En el caldeado interior, sonaba a todo volumen una adaptación radiofónica de la BBC de *Canción de Navidad* narrada a dos voces por sir Ian McKellen y Tom Hiddleston. Ese fue el momento en el que Violet estuvo más cerca de confesar al embajador que, al igual que Ebenezer Scrooge, también ella había recibido la visita de un espíritu, solo que el suyo resultó ser una adolescente «en plan» Miércoles Addams sin trenzas a la que se le hubiese terminado el champú en 1880. Pero cuando reunió el valor suficiente, el taxi ya cruzaba South Kensington y Thiago Heide parecía totalmente absorto en la tercera estrofa del cuento de Dickens: la lúgubre entrada en escena del fantasma de las Navidades que Están por Venir y la visión de la lápida en el cementerio. A petición suya, el conductor detuvo el vehículo en Cromwell Road, y el embajador pagó por la carrera el equivalente actual a un tesoro de volumen considerable para un pirata inglés del siglo XVII mientras ella intentaba salir del vehículo... sin mucho éxito.

—Redbreast —le llamó la atención Thiago con su calma habitual—, estese quieta. Ha vuelto a enredarse con el cinturón.

—¡Repámpanos! Pero si no me lo he puesto.

—El cinturón de su abrigo —dijo con paciencia él al tiempo que la ayudaba a liberarse.

La malvada vocecilla mental apuntó muy ufana lo mucho que le alegraba que Violet hubiese desarrollado durante aquel día la increíble habilidad de enredarse en los lugares más insospechados para gozoso rescate del embajador.

Hacía quince minutos que el Museo de Historia Natural había cerrado cuando cruzaron sus puertas principales en el sentido opuesto a los últimos visitantes rezagados y los miembros del personal que volvían a sus casas. El guardia nocturno, que conocía de vista a la futura doctora, los dejó pasar sin comprobar su identificación. Violet había escogido esa precisa entrada por costumbre, pero también para impresionar a Thiago y porque todavía no era capaz de resistirse al embrujo de aquel lugar. El silencio catedralicio del amplio vestíbulo bajo la ballena azul tocó con solemnidad los acordes más íntimos de su alma de paleontóloga. Más allá de la cuestión del fósil perdido, entendió por qué su mentor le había propuesto volver al punto de partida.

Violet pertenecía a aquel lugar. Tanto como Tiffany Dolorido pertenecía a las colinas de La Caliza. Adoraba esa certeza, la de plantarse justo ahí casi cada mañana, con los pies afianzados sobre el feo suelo de imitación de mosaico —¿quién se fijaría en el suelo deslumbrado por la suave luz dorada bajo la que los hermosos arcos de medio punto albergaban meteoritos de cuatro billones y medio de antigüedad o esqueletos fabulosos de lejanas eras geológicas?—, con Charles Darwin esperándola en lo alto de la escalinata principal y con el pasadizo que conducía a los laboratorios como una entrada a la cueva de las maravillas. Después de Konglongshan, había viajado un poco gracias a su trabajo, por el continente, sobre todo, y aunque los museos europeos le habían parecido excepcionales, ninguno la había emocionado como el suyo. Desde mediados del siglo XIX, el superintendente de los departamentos de Historia Natural del Museo Británico cambió para siempre el concepto de centro científico y de investigación abierto al público al dar el primer paso para crear el Museo de Historia Natural más extraordinario.

—Bien. —Thiago Heide, práctico como cualquier inglés, interrumpió la épica creciente de sus pensamientos—. ¿Por dónde empezamos a buscar la dichosa cartera?

—¿Tiene prisa?

—Tal vez le sorprenda lo que voy a decirle, pero hace aproximadamente siete horas que intento recuperar un fósil de velocirráptor.

Violet respondió al sarcasmo con un resoplido antes de ponerse en marcha. Subió la escalinata lateral y recorrió parte del pasillo del área verde, la de las aves, disfrutando del suave crujir de sus pasos sobre el suelo de tarima flotante, sin olvidarse de dar las buenas noches a Pickwick al pasar junto a la vitrina del dodo. A su espalda, Thiago murmuró algo sobre la excentricidad de las paleontólogas británicas, y ella se deleitó contándole, muy seria, que el calamar gigante de ocho metros de longitud, en el tanque subterráneo de la sección Darwin, se llamaba Archie y que al dinosaurio más famoso del museo —después del *Tyrannosaurus rex*, que en esos momentos lucía un jersey navideño tejido a mano por la administradora— se lo conocía como Dippy, una reproducción a tamaño real de un *Diplodocus carnegii* de treinta y dos metros de longitud que seguía de gira por varios continentes; por lo que no veía ningún impedimento por el que ella no pudiese llamar Pickwick al dodo. Le ahorraba muchos equívocos cuando conversaba con él.

Conocía lo suficiente a William Peddick para intuir que si su mentor había ido al Museo de Historia Natural en vísperas de Navidad le habría resultado irresistible no pasarse a saludar a los encargados de la cafetería privada de los socios. En parte, porque estaba al tanto del cariño que el personal le profesaba, pero también porque suponía que le habrían guardado galletas con forma de dinosaurios, sus preferidas. Por eso decidió registrar primero la pequeña y agradable cafetería antes de dirigirse hacia el entramado de oficinas y laboratorios de investigación pertenecientes al departamento de Ciencias de la Tierra. Abrió la puerta con su tarjeta de acceso, encendió un par de lámparas de pie en lugar de los focos cenitales, por si llamaba demasiado la atención de los guardias de seguridad, y escudriñó las mesas vacías.

—Si el profesor Peddick se dejó ayer la cartera en esta cafetería, ¿qué le hace pensar que todavía seguirá aquí? —gruñó Thiago.

—Tiene muy poca fe en la honradez de los británicos.

—Redbreast, la reina Victoria nombró sir a su compatriota Francis Drake.

—¿El explorador?

—El pirata —puntualizó Thiago.

—Ayúdeme a buscar y deje las lecciones de historia para otra ocasión más propicia.

Convencida de que, por mucho que lo meditase, ni en una semana se le ocurriría ninguna ocasión que resultase propicia para tan lamentable fin, Violet se dirigió hacia las ventanas del fondo sin dejar de mirar bajo las mesas. Considerada con los niveles de estrés del embajador, no tardó ni treinta segundos en encontrar su anhelada cartera medio oculta entre las largas y verdes hojas de una reproducción en plástico bastante realista de un enorme cicadofitino de la era mesozoica.

—¿Excelente señor?

Sostuvo la cartera en alto un instante frente a Thiago Heide con expresión triunfal antes de posarla sobre la mesa y abrirla con rapidez para rebuscar en su interior. Radiante en la penumbra de la cafetería desierta, mostró al embajador la caja de metacrilato transparente desde donde la miraba con sus cuencas vacías, ajeno a todo aquel lío navideño, un gran fragmento, bien conservado, del cráneo de un velocirráptor de Konglongshan. Thiago lo aceptó en sus manos como Indiana Jones el santo grial: con una mezcla de temor reverencial e incredulidad.

—¿Necesita un momento a solas? —preguntó risueña.

Dejó a Heide sentado a la mesa, al amparo del magnífico cicadofitino gigante, llamando por teléfono —probablemente a la embajada china— sin atreverse a soltar el fósil, no fuera a esfumarse en el aire. Se dirigió a la barra de la cafetería, por si por un milagro navideño todavía quedaban algunas galletas de dinosaurios, pero tuvo que contentarse con las tradicionales de aburrida forma circular de avena y chocolate. Desde allí, el embajador parecía muy solo en la pequeña isla de luz que proyectaba la lámpara junto a su mesa. Entonces supo, con la certeza prístina de quienes han aprendido a leer la prehistoria observando sus detalles, que Thiago no había preferido trabajar en Nochebuena porque su familia estuviese lejos, sino porque no le quedaba nadie con quien celebrarla. Y en lugar de sentir lástima por su soledad, decidió que había llegado el momento de agradecer lo que ella sí tenía.

Desde las ventanas ojivales, la oscuridad apenas dejaba entrever el perfil frondoso del jardín Darwin. Se prometió que la primavera siguiente por fin cumpliría el deseo de bajar a almorzar al aire libre, al amparo de la sombra veteada de sus altos helechos y todos aquellos árboles grandiosos que evocaban la sensación de un hábitat del Jurásico. No estaba segura de si los embajadores españoles aceptaban invitaciones de pícnic, por si se les arrugaba medio centímetro la bien planchada raya diplomática de sus pantalones, pero se sentía dispuesta a comprobarlo.

Se deshizo de su momento de contemplación como de un sutil hechizo, dejó el jardín Darwin para la primavera y puso en práctica sus planes navideños más inmediatos. En pocos minutos, tuvo lista una bandeja con un par de refrescos de soda y media docena de galletas. Dejó unas libras junto a la caja registradora, se metió en el bolsillo una libreta y un bolígrafo procedentes del cajón de los camareros y, resuelta, fue a sentarse a la mesa del embajador con todo su botín.

—Me temo que el profesor Peddick se llevó las de dinosaurios —se disculpó, señalando las galletas en cuanto Thiago terminó su llamada telefónica.

El embajador había guardado el móvil, pero aún sujetaba en la mano izquierda la caja con el fragmento de velocirráptor. Casi podía adivinarse un amago de sonrisa en la comisura de sus labios cuando le explicó que había quedado en acercarse a la embajada china a la mañana siguiente para devolver el fósil y firmar toda la documentación de registro pertinente (una actividad apasionante cualquier día del año y mucho más durante la mañana de Navidad).

—Iba a preguntarle si estaba contento. —Violet señaló con la cabeza el fósil recién recuperado—. Pero olvidaba que usted nunca lo está. Espero que al menos haya vuelto a sus niveles habituales de infelicidad.

—La infelicidad es una de las cosas más simples de la vida. No requiere ningún esfuerzo, ni plan, ni actitud mental ni recorrer Londres en busca de la cartera equivocada. Es un aviso de nuestro cerebro para decirnos que algo no va bien.

—La primera vez que lo vi…

—Se refiere a esta mañana. Hace apenas unas horas.

—… pensé que padecía una profunda tristeza.

Thiago se la quedó mirando, un poco extrañado, antes de arrebatarle la galleta que estaba a punto de llevarse a la boca y darle un buen mordisco.

—La tristeza —dijo con rapidez para acallar las protestas de la paleontóloga por la sustracción— comporta que se ha perdido toda esperanza. No me siento así.

—Parece como si cargase la totalidad del peso del mundo sobre los hombros.

—A menudo, en mi trabajo esa expresión casi se vuelve literalmente cierta.

Violet lo observó con los ojos entrecerrados mientras daba un sorbo a su gaseosa. No es que Thiago no le hubiese parecido atractivo de entrada, es que la callada euforia por la resolución de la misión diplomática otorgaba un brillo distinto a su mirada, destensaba la dureza de su mandíbula, suavizaba el rictus de sus labios. Le faltó poco para atragantarse al ser consciente de lo que su vocecilla malvada estaba a punto de soltar.

—¿Qué le hace sentir mejor? —se apresuró a preguntar al embajador para no dar oportunidad alguna a sus pensamientos libidinosos.

—El pudin de Navidad de mi cocinera. ¿Y a usted?

—Las gachas de avena. Mi abuela me las preparaba cuando yo era pequeña y había tenido un mal día en el colegio —añadió al notar su cara de desconcierto—. Aunque también me ayuda que no me birlen la galleta que estoy a punto de zamparme. O las largas sobremesas con mi familia. No se trata de lo que comemos, sino del lugar en el que encajamos. Lo que me recuerda...

Se metió en la boca una galleta entera, sacó la libreta y el bolígrafo, y se puso a escribir frenéticamente con las mejillas abultadas de un hámster.

—¿Qué anota ahí? —se interesó Thiago, pendiente del rápido movimiento de su mano derecha sobre el papel cuadriculado.

—Chist. Es el regalo de Navidad para mis padres.

> Querida mamá esto vale por una tarde juntas en el spa ese que te gusta tanto de la calle Baker el de la recepcionista simpática no el que imita esa tumba tan rara que parece la Tardis del doctor Who en el cementerio de Brompton.
>
> Querido papá cuando haga menos frío y no haya luna va-

yámonos a Surrey a ver las estrellas con la ranchera de la tía Magdalene.

Querida abuelita siento mucho lo de Darwin intentaré no charlar más con él pero sí con hombres vivos y guapos y con Pickwick.

—¿Qué demonios es eso?

—¿También tiene el don de leer del revés?

—Resulta muy útil cuando me toca sentarme frente a la delegación estadounidense en una reunión. Siempre que sus diplomáticos no padezcan dislexia.

Violet se encogió de hombros y le mostró la libreta con orgullo, olvidando que acababa de darse cuenta, unos minutos antes, de lo solo que parecía.

—Es mi oportunidad de redención navideña: la ocasión de regalar algo auténtico a quienes quiero. Usted debería hacer algo parecido —añadió. Arrancó la hoja de la libreta y se la guardó en el bolsillo—. Es muy humano querer pasar más tiempo con los tuyos.

—También son muy humanas las comas y no veo que las use.

—Hay personas en mi vida para las que siempre voy a tener tiempo ¿Y usted? —preguntó curiosa sin hacerle caso.

«Y usted —pronunció en tono de burla la vocecilla malvada en su cabeza—, ¿por quién renunciaría al pudin navideño de su cocinera?».

—Redbreast, ¿qué le parece tutearnos ahora que hemos finiquitado nuestra relación profesional?

—No estoy segura.

—Eso sí que es una novedad viniendo de usted —murmuró el embajador.

Violet ignoró la pulla y rehuyó su mirada.

—¿No está segura de que hayamos terminado nuestra misión conjunta o de que nos comuniquemos de manera más relajada? Por favor, no me diga que el fragmento de fósil es falso y que existe otra cartera extraviada en el cementerio de Highgate o donde sea.

—Me gusta la relación que tenemos ahora.

—Redbreast, solo por aclararlo, hasta el momento nuestra relación ha consistido en desesperación y pésimos augurios. Y una extraña cabezonería por su parte en simular que, de alguna manera, todo este embrollo ha sido culpa mía. No veo qué es lo que le gusta.

«Que me desenredes cuando la vida me impide avanzar, tu sentido de la justicia en un siglo donde rige la mentira y pasear a la orilla del río mientras me explicas todo eso tan sexy de las mareas», apuntó con más suavidad que malevolencia la vocecilla interior de Violet.

No se atrevía a confesárselo al embajador, pero se había divertido. Le gustaban esas conversaciones interrumpidas que habían mantenido a lo largo del día. Le parecía que Thiago se había mostrado tal como era desde el principio, pese a su enfado apenas contenido y a su envarada corrección política. No siempre a propósito, Violet lo había sacado de sus casillas, de su zona de confort, y se había quedado prendada de la nobleza con la que él había respondido. A esas alturas de la Nochebuena, no solo le daba pena despedirse, sino que empezaba a intuir que le encantaría viajar con él hasta la última Thule. Temía cambiar cualquier detalle de su fugaz relación, como la distancia de seguridad que les aportaba el trato dialéctico del usted, por si se rompía el hechizo.

—Supongo que después de un día tan intenso, somos amigos —se resignó al fin.

—Tanto como eso...

Violet lo miró contrariada, pero cayó en la cuenta de que bromeaba.

—Podrías contarme quién te espera al otro lado del canal de la Mancha.

—Me temo que nadie. Mis padres murieron cuando yo era muy joven. Me criaron mis tíos, a los que quise como el hijo que fui para ellos. Echo de menos la casa de mi infancia, en las afueras de Pontevedra, los cielos abiertos sobre los campos de los alrededores y el umbral de tantos bosques que se han ido encogiendo hasta dejar de existir. Cuando entré en la facultad de Derecho, me mudé a la ciudad de A Coruña. Me casé joven y me divorcié seis años después, justo antes de aceptar jurar el cargo de embajador en Reino Unido y venir aquí.

—Lo siento.

—Tienes la extraña habilidad de confundirme cada vez que te disculpas por algo que te cuento.

—Siento que eches de menos los brezales y los cielos de tu infancia, no que jurases el cargo de embajador y te mudases a Londres. Si no hubieses venido, nunca podría haberte torturado con las pruebas estilo *Jumanji* de «encuentra el velocirráptor antes de que termine la Nochebuena».

—No me has dado el pésame por mi fracaso matrimonial —observó el embajador.

—Somos quienes somos por nuestra historia, no a pesar de ella. Y eso incluye nuestros fracasos.

—¿En qué has fracasado, Redbreast? —preguntó Thiago como si supiera de antemano la respuesta.

—Si lo estás diciendo por lo de la cosa —gruñó Violet escrutándolo con los ojos entrecerrados—, no pienso reconocerlo.

—¿Quién es perfecta en todo lo que hace?

—Mary Poppins.

—Vi la película. Recuerdo que llevaba una cartera grande, muy parecida a esa que tienes ahí. Alguien me dijo que se las regalaban al personal del Museo de Historia Natural y que eran muy prácticas y resistentes porque tenían varios compartimentos que...

—Cierra el pico, excelente señor —se rio Violet—, y ven a cenar conmigo esta noche.

—Pensé que habías dicho que en Nochebuena cenabas con toda tu familia.

—Ajá.

Lejos de volver a pellizcarse el puente de la nariz con aspecto de necesitar media docena de analgésicos, el embajador español se la quedó mirando con lo que a Violet le pareció cierto regocijo.

—Redbreast, no quiero estar presente cuando regales a tu familia ese trozo de papel arrugado que llevas en el bolsillo.

Victoria Park, Hackney

Como en toda metrópoli occidental, algunos rincones de Londres son tan poco agraciados que a ningún fantasma escocés se le ocurriría encantarlos. Los datos de los que dispongo no me permiten asegurar lo mismo sobre los espíritus ingleses, pues un pueblo que ha inventado el críquet —ese deporte que puede durar hasta cuatro horas y dar la sensación de que ni siquiera ha empezado— posee unos altos niveles de resiliencia. El cementerio de Abney Park, al norte del municipio de Hackney, es uno de los llamados Siete Magníficos de Londres y se ha asilvestrado tanto que ha sido declarado reserva arbórea. Tal vez por ese motivo, el fantasma del reverendo Watts, que encantó la siniestra capilla gótica durante la época georgiana, desapareció durante un tiempo, como le sucedió a lord Greystoke en otras selvas que aquí no vienen al caso. La siempre puntillosa Sociedad Real de Espiritistas Británicos sostiene que lo exorcizaron por accidente —al reverendo Watts, no a Tarzán— en 1892 cuando limpiaron Abney Park de los poltergeists jardineros originados por la provocación que supuso la ordenación alfabética de los árboles perpetrada por la administración Gladstone. De todas formas, el amable reverendo volvió a aparecer a finales del siglo XX para asustar a los especuladores inmobiliarios de Hackney que querían convertir Abney en un complejo de mansiones sostenibles. Al coincidir con el escandaloso vampiro del cementerio de Highgate, que acaparó todas las portadas, la loable gesta de Watts pasó desapercibida, y si su fantasma ulula por las noches es porque sigue muy molesto por ello.

DOCTOR DAVID WILLOUGHBY, The Crow,
Dislocación geográfica de los fantasmas de Londres

A medio camino entre el orgullo de clase y el lamento, Violet explicó a Thiago que Hackney era el único municipio de Londres que contaba con un alcalde elegido mediante la votación directa de sus vecinos, que la gentrificación de algunas zonas (sobre todo alrededor de London Field), además de implantar el *slow living*, había encarecido unos alquileres que antes eran asequibles para las familias obreras y que, por desgracia, seguía liderando la lista de los distritos más pobres y con mayor índice de criminalidad de la ciudad.

—¿Y me lo dices ahora que ha anochecido?

El embajador simuló alarmarse y agarró con más fuerza la correa que le cruzaba el pecho. En vista de que la caja de metacrilato que contenía el fósil no le cabía en el bolsillo, había pedido prestada la famosa cartera de la discordia a la paleontóloga y, desde que habían salido del museo, la llevaba en bandolera y se aferraba a la correa como si su vida dependiese de que no la soltase.

—Te acompaña una chica dura del barrio, no va a pasarte nada.

—No me preocupan los gángsteres. Todo el mundo sabe que en Navidad se toman unos días libres. Los practicantes del *slow living*, sin embargo, son otra historia.

—Su filosofía es bonita, pero no está al alcance de todos: compra de productos de proximidad, desplazamientos sostenibles que no perjudiquen al barrio ni al planeta... El tofu artesanal, los restaurantes *zero waste*, los jerséis tejidos a mano, las reformas para preservar la eficiencia enérgica de las viviendas y el arte local de los mercados de Hackney Flea resultan prohibitivos para los bolsillos de las familias que establecieron su hogar aquí a lo largo del siglo XX.

Habían tardado una eternidad en llegar a Hackney porque Violet se empeñó en viajar en metro, un medio de transporte que se quedaba fuera de la lista de los diez favoritos del embajador. La línea Piccadilly había sido una pesadilla de aglomeraciones cargadas con compras navideñas. Y el ferrocarril de Mildmay, una pequeña convención de viajeros que todavía no creían en el milagro de la ducha, le resultó interminable. Rodeado por desconocidos, Thiago observó la facilidad con la que la paleontóloga se desenvolvía entre el ruido y el caos, casi como si no estuviese del todo allí. Tal vez caminase entre el resto de los mortales con la certeza de su fugacidad —la propia y la de su especie— comparada con los millones de años en los que los dinosaurios poblaron la Tierra. Charlaba con entusiasmo de su familia, de su próximo proyecto de estudios en el yacimiento silúrico de Herefordshire, y el brillo de su mirada refulgía con un verdor dorado cada vez que le preguntaba por sus planes de futuro, por anécdotas concretas de su trabajo o por cómo era vivir en Downshire House. Una fuerza de la naturaleza que hablaba por los codos, soltaba exabruptos victorianos, detenía el tiempo con su sonrisa, tendía a enredarse los tobillos con los faldones de su propio abrigo al caminar, y lo había desarmado en más de una ocasión con su rotunda sinceridad o sus espantosos leotardos de rayas, además de sacarlo de quicio por la ligereza con la que se había tomado todo aquel asunto sobre el fósil extraviado. Cuando la miraba, el resto del mundo tendía a emborronarse. Thiago cayó en la cuenta de que nada en los pasillos de su profesión o de su vida privada lo había preparado para la existencia de Violet Redbreast. Y que solo se habían conocido por pura casualidad.

Al salir de la estación de Hackney Wick y caminar hacia el gran oasis verde de Victoria Park, el embajador se fijó en el feo contraste entre los altos edificios de protección oficial, de cemento gris y diminutas ventanas, que surgían como torres carcelarias, sombríos vigías entre las bonitas casas eduardianas de dos plantas. En conjunto, un barrio de contrastes muy mal iluminado.

—Te gustaría los fines de semana —supuso Violet como si quisiera distraerlo del poco afortunado paisaje urbano—; pasear a orillas del río Lea y sentarte a leer informes aburridos bajo los avellanos.

—¿Te refieres al canal de Regent?

—El río limita Hackney por el este, luego va hacia el sur para desembocar en el Támesis atravesando Limehouse. No lo veremos desde aquí, queda al otro lado del parque.

Dejaron atrás Wallis Road y rodearon Victoria Park por Cadogan Terrace, hasta que giraron hacia el norte, a favor del casi inexistente tráfico. Violet le señaló una casa adosada de dos plantas al extremo de Annis Road, una pequeña calle transversal en una zona residencial muy tranquila junto al parque.

—¿Cómo reconoces que la de tus padres es esta puerta y no la de al lado o la de la calle anterior? Son todas exactamente iguales.

—Saco las llaves del bolso e intento abrir una al azar. En ocasiones acierto.

—No seas sarcástica. La última vez que tuviste que lidiar con dos carteras iguales te llevaste la que no era.

Violet resopló, traspasó la verja del pequeño porche descubierto que antecedía a la casa, abrió la puerta y lo hizo pasar a un diminuto recibidor con percheros atestados, paragüeros repletos, cochecitos de bebé y calzado como para abrir una cadena de zapaterías de segunda mano. Se distinguían risas y retazos de alegres conversaciones procedentes de las profundidades de la casa. Sin entender todavía por qué, Thiago sintió una cálida emoción en el pecho.

—Llegamos un poco tarde —señaló Violet.

—Y con las manos vacías.

—No te preocupes: estarán tan ocupados criticándote que no se darán cuenta de eso. Te ayudo con el abrigo. Ya puedes soltar la cartera, te prometo que el profesor Peddick no se la llevará.

Violet se deshizo también del suyo, colgó las dos prendas y su bufanda sobre una especie de gabardina de cuadros rojos, porque no había más espacio en el perchero. Se peinó con los dedos mientras escrutaba a Thiago con ojos críticos.

—Quítate el chaleco y la corbata —concluyó—. También la americana.

—Redbreast, no suelo desnudarme en la primera cita.

—Intento que les resultes menos impresionante.

—Me lo tomaré como un halago.

—¿Violet? Llegas tarde —los interrumpió una voz de mujer desde el salón.

—¡Ya voy, mamá!

—No la riñas, Vivian —escucharon una voz de hombre—, esta mañana tenía que entrevistarse con un diplomático español. Ya sabes lo rancios que son esos sureños.

Violet se mordió los labios para contener la carcajada y el verde de sus ojos brilló de puro regocijo. Sin darle tiempo a protestar, cogió de la mano a Thiago y lo arrastró pasillo adelante hasta un comedor que habría parecido más grande si no hubiese estado ocupado, hasta el último de sus metros cuadrados, por una decena de personas de edades dispares sentadas alrededor de una mesa descomunal abarrotada de viandas, adornos navideños y juguetes.

—Mamá, papá, abuela, incordios, sobrinos y cuñadas. —Señaló a medida que los iba nombrando—. Thiago Heide, el sureño rancio.

—Encantado —dijo el aludido con total tranquilidad para su propia sorpresa.

—Ah, querido —reaccionó rauda la madre de Violet—, siéntate ahí. Bobby irá ahora mismo a por otra silla para su hermana.

—¿Qué tal estás? —Papá Redbreast saludó al embajador tendiéndole la mano—. ¿Vino tinto o blanco? ¿O jerez?

—Te has pasado un poco con lo de traerte trabajo a casa, ¿no? —murmuró uno de los gemelos al pasar junto a Violet para ir en busca de la silla adicional que se le había pedido.

—Abuela —dijo la paleontóloga ignorándolo—, haznos sitio a tu lado.

—Cariño, ¿sabe lo de Charles Darwin?

—Y lo de Pickwick.

—Y aun así ha venido hasta aquí para pasar la Nochebuena contigo.

—Intentemos causarle buena impresión, abuela, creo que hace tiempo que necesita una familia.

Desde Victoria Park, la ventana iluminada de la pequeña casa de Annis Road era casi indistinguible del resto de los brillantes comedores familiares del vecindario. Excepto para los dos espíritus que se habían detenido bajo los avellanos de ramas desnudas.

—Qué fuerte. En plan, no me lo esperaba —dijo el espíritu de menor estatura, una sombra oscurísima en la negrura de la noche—. Aunque me huelo que tú sí.

Su hermosa compañera de rojo sonrió con complacencia. Si alguien hubiese podido verla, sus hoyuelos le habrían recordado a lo más brillante y gozoso de la Navidad.

—Por muy diplomático que sea, lo he pillado con la guardia baja —reconoció sin quitar la vista de la ventana iluminada en la pequeña casa eduardiana de Annis Road porque lo que veía en su interior le aportaba felicidad en una noche tan fría.

—Me produce un poco de ansiedad que nadie se espere nuestra visita.

—Forma parte del trabajo. Y no se te da nada mal. Mira eso, tu chica acaba de dejar bajo ese espantoso árbol de plástico su regalo de Navidad.

El espíritu de negro emitió un pequeño quejido, y una pareja de petirrojos posados sobre las ramas del avellano que los cobijaba respondieron con un trino alegre.

—Escrito en una hoja arrugada de libreta con manchas de mantequilla.

—Y con una redacción más que cuestionable —añadió contenta el espíritu encarnado—. Pero ahí está. Deberíamos volver —suspiró—, puesto que ya hemos terminado.

—Ha sido una buena noche. No lo digo en plan juego de palabras y eso, por lo de Nochebuena —aclaró por si acaso—. Aunque pensaba que él preferiría a la chica.

Los petirrojos trinaron alegres a la vista de la sonrisa del espíritu más alto.

—En el rincón más recóndito de su corazón, Thiago Heide deseaba una familia y un hogar. A mí me parece el mejor de los principios.

El espíritu de las Oportunidades Navideñas detectó el regocijo en la voz de su compañera cuando contestó a la pregunta muda de su mirada:

—En una noche como esta, la nuestra no es la única magia.

Las estrellas seguían nubladas en el oscuro firmamento cuando Thiago subió a la pequeña terraza descubierta del segundo piso de la casa familiar de los Redbreast. La noche parecía contener el aliento para no perturbar el silencio algodonoso que envolvía ese rincón del mundo. Cerca, las copas de los árboles de Victoria Park se erguían quietas y sarmentosas al principio del invierno. Respiró tranquilo, lejos del bullicio de la planta inferior, y se resistió a la estupidez de concederse el placer de sonreír a solas, a la intemperie, apenas una hora antes de la medianoche. Había aprovechado el momento en que los pequeños de la casa abrían sus regalos para escabullirse. No sentía demasiado frío. Tal vez porque se había traído con él la calidez de aquel hogar recién encontrado. Podría haberse acordado del espíritu del Presente de la Navidad y reconocer la felicidad de los buenos deseos cumplidos, los más sencillos y a la vez inmensos, pero entonces oyó la voz de Violet a su espalda.

—¿Has venido aquí arriba para esconderte?

—Necesitaba tomar el aire.

Llevaba un chal de lana verde bordado con florecillas violetas sobre su vestido rosa, y Thiago le agradeció que se le hubiese ocurrido subirle su abrigo gris.

—Me sentía culpable por haberte hecho quitar todo lo demás —dijo restándole importancia—. Has comido tan poco que mamá está convencida de que no te gusta la cocina tradicional inglesa. A mi padre le cohíbe que no sepas de fútbol y que no bebas jerez, mis hermanos quieren comprarse un chaleco gris, y mis cuñadas llevan toda la noche hablando raro, como si intentasen simular el acento de Mayfair. Para esto último no tengo ninguna explicación.

—¿Y tu abuela?

—Piensa que eres mucho más guapo que Steve Brusatte.

—No deberías contradecirla.

—No lo haré.

—Redbreast.

—¿Excelente señor?

—Me resultas insufrible y adorable a la vez.

—¿Y qué piensas hacer al respecto?

—Debería besarte y salir de dudas.

Se habían ido acercando tanto el uno al otro mientras charlaban que Thiago no tenía más que inclinarse apenas unos centímetros sobre aquel rostro de alegres ojos verdes para cumplir con su deber. Precavido, rodeó su cintura con un brazo y la atrajo un poco más hacia él por si el petirrojo decidía salir volando para burlarse de su osadía mientras su otra mano acunaba la suave y pálida mejilla un instante antes de alcanzar sus labios. La besó como no recordara haber besado a nadie. La besó por aquel momento en el Bentley, la primera vez que notó el sutil aroma a rosas blancas de su perfume mientras la liberaba del cinturón. La besó por el instante en el que entendió, en el jardín del Museo de Charles Dickens, el privilegio que sería formar parte de la vida de aquella mujer que se mostraba tal como era, sin miedo alguno a ser juzgada. La besó por lo mucho que le habría gustado hacerlo cuando ella se lanzó a sus brazos para arrebatarle un libro viejo en el vestíbulo de la biblioteca de Lincoln's Inn Fields. La besó porque Violet era río y marea, guijarro y corriente, fuerza inmutable de la naturaleza de aquel Londres extraño y maravilloso que le había regalado la casualidad de conocerla.

—Pensaba que no lo harías nunca —susurró la paleontóloga todavía con los ojos cerrados cuando ambos atinaron al fin a separar sus labios.

—Me sentía tentado cada vez que fruncías el ceño.

—Si lo hubiese sabido...

Como en las más ecuánimes negociaciones diplomáticas, le tocó al otro bando devolver el beso.

—Excelente señor —dijo Violet tras dejarlo sin aliento.

—Sabes que el título correcto es: excelentísimo señor.

—Me gustas mucho.

A Thiago le resultaba difícil explicarse la emoción que sentía desde que Violet se había reunido con él en la pequeña terraza. Cosquillas en el estómago, el corazón acelerado y un aturdimiento nervioso como el de un niño la mañana de Reyes a punto de abrir sus regalos.

—¿Así de fácil? ¿Sin recordarme mi falta de sentido del humor, mi exasperante criterio sobre la justicia o que no haya leído nunca *Canción de Navidad*?

Violet se encogió de hombros y asintió, confiada entre sus brazos como si no fuese la primera vez que estaba allí.

—Tú también me gustas, Redbreast. Perdería fósiles contigo hasta el fin de la era cenozoica.

Solo entonces, un ligero soplo gélido rompió la quietud que había suspendido el cielo a lo largo del día y los primeros copos blancos de aquel diciembre bailaron alegres remontando el viento del norte. La nieve estrenó las calles, los tejados y los jardines de Londres acompañada por el gozoso trino de los petirrojos.

Agradecimientos

Es importante aprender a decir que no. Aunque decirlo te rompa el corazón. Por eso es igual de importante reconocer a las personas que van a estar ahí para recoger los pedazos, porque falta una semana para Navidad, estás agotada, has renunciado a un proyecto precioso y tu café se enfría sobre la mesa de la terraza de un bar mientras lo contemplas quejumbrosa. Gracias, Clara, por creer, por no flaquear en la convicción de que un libro también puede ser refugio cuando se avecina un diciembre complicado. Gracias por embarcarte conmigo en otro cuento navideño, por la idea fabulosa del segundo fantasma y por salvarme de tener que aprender chino.

Mi más rendida admiración, cariño y agradecimiento para Connie Willis, siempre presente en mis novelas como un espíritu literario risueño y un poco alocado. Gracias por ser inspiración, por librarme del bloqueo lector con tus increíbles historias, personajes y sentido del humor. El mundo es un poco mejor cuando te leo. De esto último también tiene mucha culpa cierta editora: gracias, Camino, por dar a las traducciones de Willis una segunda oportunidad.

Desde que nació la idea de esta historia hasta su publicación ha transcurrido un año. Eso son casi setecientas tazas de té, más de trescientos cafés, unas veinticuatro tabletas de chocolate negro, ochenta y siete libros leídos y un sinfín de audios de WhatsApp con mi amiga Rosa. Soy de letras, así que se me da mal contar, por eso estas cifras no son más que aproximaciones, al igual que mis agradecimientos, que siempre se quedan cortos. Gracias, querida Rosa, por tu sabiduría literaria y tu amistad, a mis *granotes* (Cris y Laura R.), y a Elena Artero por su amabilidad, su simpatía y por hacerme sentir que sigo paseando por las calles y los museos de Londres cada vez que consulto su contenido de Orange Passport. Gracias a mis libreros y libreras —con especial cariño a Antonio Torrubia y a Mamen Monsoriu, ellos saben por qué—, a mis bibliotecarios y bibliotecarias, a Ediciones B por trabajar con tanto mimo, a Penguin Random House por su equipo de profesionales y su varita mágica. Gracias a mi Ingeniero, responsable de que siga trinando en la oscuridad. Pero, por encima de todo, gracias a ti, que has llegado a este libro porque una vez, hace unos cuantos años, cayó en tus manos *La librería del señor Livingstone* y me has acompañado desde entonces.

Gracias, querido Edward Livingstone, por la buena compañía y el té en el rincón de los románticos.

Decía Terry Pratchett que el gozo es a la diversión lo que el mar a un charquito. Aquí va mi deseo navideño: ojalá, lector, navegues a toda vela por estas páginas.

Este libro fue impreso
para dar calor a los corazones
en la Navidad de 2025-2026.